剣

孤高の剣聖 林崎重信1

牧 秀彦

時代小説

二見時代小説文庫

抜き打つ剣——孤高の剣聖 林崎重信1

目次

序章　永禄四年の仇討ち

一

永禄《えいろく》四年（一五六一）京、丹波路《たんばじ》。

都《みやこ》から丹波国へと至る晩秋の街道は、濃い霧に包まれていた。

古来より、亀岡《かめおか》を中心とする丹波路一帯は「霧の海の国」と呼ばれている。霧とは山間の盆地に特有の現象だが、この丹波路では冬が訪れるまで毎日、それも洛中《らくちゅう》が快晴の日の朝に限って発生し、昼近くまで続くのが常だった。

卯《う》の刻《こく》（午前六時）を過ぎたばかりの街道に、人影は見当たらない。

一面の霧の中に見え隠れしているのは、国分寺《こくぶんじ》跡に生《お》い茂る木々、そして田畑の畔《あぜ》に植えられた畦畔木《けいはんぼく》のみ。

近くを流れる保津川《ほづがわ》にも、船影は無い。

川下りの船頭衆が仕事を始めるには、まだ一刻《いっとき》(約二時間)ほど間があった。

朝霧の立ちこめる中、旅姿の若者が歩いてくるのが見えた。

おぼろげな孤影《こえい》は、少年かと思えるほど小柄である。五尺《しゃく》(約一五〇センチ)どまりの身の丈《たけ》は、この時代の成人男性の標準に照らしても二寸《すん》(約六センチ)は低い。

父親か誰かの形見《かたみ》を仕立て直さずに、そのまま着ているのだろう。小袖《こそで》と袴《はかま》、家紋《かもん》の入った黒羽織《くろばおり》は、五尺の体には明らかに大きすぎた。

笠を着けていないため土埃で汚れてはいたが、真っすぐに前を見据えて歩く若者の横顔は、天性の気品に満ちていた。

ここまで辿り着くのに、よほど長い道中を重ねてきたのであろう。大髻《おおたぶさ》に結った黒髪は幾分《いくぶん》乱れていたが、色白の整った造作には、長旅の疲れなど微塵《みじん》も浮かんではいなかった。

吊り上がった双眸《そうぼう》と引き締まった口元が意志の強さを窺《うかが》わせる。月代《さかやき》を剃《そ》っているところから見て、とっくに元服《げんぷく》を済ませているらしいが、まだ武士らしく髪髭《しゅぜん》をたくわえてはいなかった。

あご髭《ひげ》と頬髭を生やさぬ限りは一人前と見なされない、戦国乱世の風潮をまるで意に介することなく、見目形よく整った細面《ほそおもて》を外気にさらしている。

殊更《ことさら》に、外見を取り繕《つくろ》う必要を感じていないのだ。

美童と呼んでもいい容貌《ようぼう》の持ち主ながら、この若者が近寄り難い雰囲気を漂わせて止《や》まないのは、差している刀のためであった。

長さが尋常ではない。

刀身だけで軽く三尺《じゃく》（約九〇センチ）を超えている。柄《つか》まで含めれば肩の高さほどもある、この異形《いぎょう》の刀は俗に大太刀《おおだち》、野太刀《のだち》と称される。

合戦場において敵の武者を甲冑《かっちゅう》ごと叩き伏せるのを唯一無二《ゆいいつむに》の目的とする、特別仕様の武具《ぶぐ》であった。

日頃から平常指《へいじょうざし》として携行《けいこう》するには、五尺の短軀でなくても持て余しそうな代物《しろもの》である。しかし、その若者の動きはごく軽やかなものだった。

よほど強靱《きょうじん》な足腰を備えていなくては、こうはいくまい。

若者の足は、篠村《しのむら》を目指していた。

老ノ坂《おいのさか》の手前、丹波路の出口に位置する篠村は、鎌倉の昔、後醍醐帝《ごだいごてい》を奉《ほう》じた足利《あしかが》尊氏《たかうじ》が時の幕府に反旗を翻《ひるがえ》した地として知られる。

街道沿いの住人たちも、眠りから覚めたようである。か細い朝餉《あさげ》の煙がどの家からも立ち上っていた。

若者は、ふと歩みを止めた。

黒目がちの両の瞳は、家々の前に積み上げられた大根に向けられている。

篠村では毎年、師走《しわす》に入ると同時に、名産の篠大根の出荷に取りかかる。

保津川から引いた清水で洗い上げられた篠大根は洛中に運ばれ、疏菜《そさい》売りの見世棚《みせだな》を飾る。近在の村からもたらされる大地の恵みは、京の人々にとって貴重な栄養源であると同時に、四季折々の風物詩でもあった。

戦国乱世に在っても、人の世の営みは変わらない。

尽きぬ合戦に加えて疫病《えきびょう》が流行《はや》り、加賀《かが》・能登《のと》から甲斐《かい》、武蔵《むさし》、常陸《ひたち》、陸奥《むつ》の地に至るまで多数の死者を出した永禄四年も、そろそろ暮れようとしていた。

原因不明の疫病の魔手は、まだ西国《さいごく》にまで及んでいない。

三三五五《さんさんごご》、身支度《みじたく》を済ませた村人たちが表に出てきた。これから畑に出て、新しい大根を取り入れるのだ。

日々の営みに従事することを厭《いと》わない、現世《うつしよ》に益を為す善男善女である。

「寒《さむ》おすなぁ、ご牢人《ろうにん》さま」

「うむ……」

会釈《えしゃく》をする村人たちにいちいちうなずき返しながらも、歩みを進める若者の端整《たんせい》な横顔は、どこか冴えない。

今朝がた、空腹に耐えかねて畑から盗んだ大根の辛みが、舌に残っていたのである。

二

篠村を通過した若者の前方に、切り通しが見えてきた。

あれほど濃かった霧が薄れつつあるのも、陽が昇ってきたためだけではない。

この老ノ坂を越えれば、ほどなく洛中に至る。

京の都に——目指す相手が潜む地へと、確実に近づきつつあるのだ。

若者は感慨《かんがい》深げにつぶやいた。

「二年……か」

その若者にとっては、実に長い年月であった。

郷里を発ったのは、十八歳の春のこと。

草木が芽吹いて桜の蕾《つぼみ》が色づく季節に、若者は出羽《でわ》の山河に別れを告げて、当《あ》て所《ど》ない旅に出たのである。

逐電《ちくでん》した一人の男を探す流浪《るろう》の日々は、苦難の連続だった。

宿に困り、食に飢え、何よりも孤独に苛《さいな》まれながらの道中に、この若者が今日まで耐え抜くことができたのは、胸の内に点《とも》した灯明に常に導かれていたからだ。

最愛の人が待っていていてくれる限り、自分は必ずや目的を果たし、五体無事に故郷へ戻らなくてはならない。きっと生きて、戻らねばならぬ。

その一念だけを支えに、苛酷《かこく》な旅路を踏破《とうは》してきたのである。

もうすぐ、積年の辛苦《しんく》が報《むく》われる。

あの男さえ討ち取れば、すべてが上手《うま》くいく。

亡き父の主君である最上因幡守《もがみいなばのかみ》様も、きっと仕官を認めてくれるに違いない。

そのときは父方の姓に戻り、浅野《あさの》家を立て直そう。

彼女が切望して止《や》まない願いを、この手で叶えるのだ。

最愛の人の晴れやかな笑顔が、目に浮かぶようであった。

「母上……」

若者はつぶやくように言った。

「民治丸《たみじまる》は、きっと本懐《ほんかい》を遂げまする」

口にしたのは、自身の幼名《ようみよう》。十八になるまで慣れ親しんだ名前であった。

若者の本姓は浅野《あさの》という。

元服を機に改めた姓名を林崎甚助重信《はやしざきじんすけしげのぶ》といった。

陽は、中天《ちゅうてん》に差しかかっていた。

霧は完全に消えている。重信の行く手には、無表情な岩に左右を囲まれた道が続くばかりであった。

思いの外《ほか》に、道は険しい。

重心を足裏の前半分にかけながら、若者は黙々と歩みを進める。

未《ひつじ》の刻（午後二時）頃には、洛中に至るだろう。

九十九折《つづらおり》の隘路《あいろ》を往《ゆ》く重信の表情には、さきほどから変化が無かった。時折、頬を伝う汗をぬぐう他には手も動かさない。

先を急ぐことにのみ、すべての意識を集中させているのだ。

と、重信の双眸がわずかに動いた。

足を止めることなく、四方に気を走らせる。

自分を押し包もうとする者たちの害意、そして抜き連れた刀身の煌《きら》めきを、鍛えた五感は機敏に捉えていた。

「ご用があるのは、それがしですか？」

重信の誰何《すいか》に応じて、曲り角の先から現れたのは三人の武士。すでに鞘《さや》を払った刀を手にしている。

野盗の類《たぐ》いではないだろう。

見るからに文無《もんな》しの若者をいちいち総掛かりで襲うほど、物盗りを生業《なりわい》とする輩《やから》は暇ではないからだ。

皆、揃いの小袖と袴を着けている。同じ主人に仕える家士《かし》らしい。

洛中に至る唯一の道を塞《ふさ》ぎ、力ずくで自分の行く手を阻《はば》もうとする者には、ひとつしか心当たりが無かった。

重信は速やかに問いかける。

「坂上主膳《さかがみしゅぜん》の、手の者か？」

答えはなかった。

刀を八双《はっそう》に構えたまま、三人の武士は間合《まあ》いを詰めてくる。

柄《つか》を握った左の拳が体の中心を縦に走る正中線《せいちゅうせん》の上に、右の拳が顎《あご》の近くに来る八双の構えは、相手の出方に応じて、攻守のいずれにも対処ができる。

三人の武士には恐らく実戦の経験があるのだろう。だからこそ、即座に八双の構えを取ったのだ。

とはいえ、生身の人間と向き合い、正確な斬撃《ざんげき》を行うのは至難《しなん》の業《わざ》。

とりわけ大事な左手は刀を操るために欠かせない、軸手《じくて》である。

両手で振るった刀が骨肉《こつにく》をも断ち割る威力を発揮するのは、左手を主、右手を従としながら刃筋《はすじ》を立て、刀身をぶれさせずに振り下ろすからだ。体の重心を定め、左手を軸に斬り付ければ、敵を一刀の下に斬割《ざんかつ》するのも不可能ではない。

正中線の上に左拳を引きつけておけば、対する者がどう動いてもすかさず応じて体の重心を狂わせることなく、確実に刀を振るうことが可能となる。そのままの体勢で刀を頭上に振りかぶれば、右袈裟《けさぎ》斬りを仕掛けることもできる。

真《ま》っ向斬《こうぎ》り以上に防ぐのが難しい攻撃を、しかも三人がかりで仕掛けられれば為す術《すべ》はあるまい。

しかし、重信に動揺の色は無かった。

その歩みは、止まらない。

左右の手は、腿《もも》の脇に伸びていた。

両《りよう》の肩から力を抜き、臍下《せいか》の丹田《たんでん》に気を落とし込んだ、自然体《しぜんたい》と呼ばれる姿である。

傍目《はため》には、無防備きわまりないと映るだろう。自ら敵の間合いに踏み込み、進んで斬撃を浴びようとしているかの如《ごと》く、受け取られるかも知れない。

三人の武士も、左様に判じたらしい。

両の足を大股《おおまた》に開き、いつでも斬りかかれるように身構えている。

対する重信は、まだ柄にさえ手をかけてはいない。

果たして、これで間に合うのか。

身の丈が五尺どまりの重信は、腕も短い。

それでいて、左腰に帯びた大太刀は、常人の差料《さしりよう》よりも際立って長かった。

六尺（約一八〇センチ）の大男でさえ、大太刀を携行するには柄を左肩に廻し、革《かわ》紐《ひも》を用いて背負う。合戦場ではあらかじめ鞘を払い、抜き身で肩にかつぐのも珍しくはない。それほど長大で、鞘から抜き放つのに手間がかかるのだ。

まして、五尺の小男がどうやって抜刀《ばっとう》しようというのか。

武士たちとの間合いは、二間《けん》（約三・六メートル）にまで詰まった。

刀術者にとっては、いつでも攻撃可能な圏内である。

武士たちは揃って一歩、前に出た。

重信の両手が動いたのは、その瞬間であった。

右手は、柄へ。左手は、鯉口《こいぐち》へ。

鯉口とは刀身を抜き差しする、鞘の出入口である。刀を抜くにはまず、左手の親指で鍔《つば》を押し出し、鯉口を緩めなくてはならない。

敵と向き合う際には、真っ先に為すべきことであった。

間合いに踏み込んでから鯉口を切るとは、何を考えているのか。

三人の武士が苦笑しなかったのは主命を帯び、この若者を返り討ちにすることのみを目的とする立場であればこそ。

容赦《ようしゃ》をせぬ代わりに、蔑《さげす》みもしない。

無言のまま、武士たちは刀を振りかぶる。

しかし、斬り下ろすことは叶わなかった。

三尺余の刀身を若者がどのように操ったのか、武士たちの目には見えなかった。

彼らの五感が捉えたのは、唸《うな》りを上げて殺到する大太刀の姿、そして我が身を断ち切られる、鋭い感覚だけであった。

三人の武士には痛みを覚える余裕さえ与えられなかった。

鯉口を切ると同時に大太刀を、それも五尺の小男が一挙動で抜刀し、瞬く間に自分たちを斬り伏せた事実に対する驚きが、肉体の痛みをも凌駕《りょうが》していたのである。

揃って首筋を裂かれた武士たちが絶命したとき、重信の姿はなかった。

すれ違いざまに三人を斬り伏せて、そのまま足を止めることなく、十間（約一八メートル）も先を歩いていたのである。

端整な顔は青ざめていた。

それでも歩みを止めることなく、黙々と先を急ぐ。

しかし、長くは耐えられなかった。

山道の端に片膝を突いた重信は、おもむろに嘔吐《おうと》する。

大根のかけらが、酸《す》い胃液とともに地に散った。

辺りには、誰もいない。

昼下がりの陽光が、苦しげに呻《うめ》く若者の背に降り注ぐ。

にもかかわらず、重信の目の前は霞《かすみ》がかかったようになっていた。

生まれて初めての人斬りに覚えた嫌悪感は、考えていた以上に辛いものだった。

できれば一生、知りたくはなかった感覚である。

だが、これは始まりに過ぎない。

真に倒すべき相手は坂上主膳。

父の仇《かたき》を討ち果たさぬ限り、重信は、故郷の地を踏むことが許されない。

主膳を討った証《あかし》を持ち帰り、愛する母に安堵《あんど》してもらわねば、自分には生きている意味が無い。重信は左様に思い定め、長い旅を続けてきた。

本懐を遂げる前に、へこたれてしまってはなるまい。

ふらつく足を踏み締めて、立ち上がる。

恐る恐る、後ろを振り返る。

微動だにしない三つの骸《むくろ》に向かい、重信は少しずつ歩み寄った。

彼らが主膳に仕える家士ならば、所持品を探る必要がある。

憎い仇が洛中に居を構えていることしか、重信は知らない。

二年に及んだ流浪の日々は、この若者に時を惜しむ知恵を授けてくれた。

探す相手の名前だけを頼りに広い洛中を歩き回るよりも、何か手がかりとなるものを先に見つけたほうが、無駄な時間を費やさずに済む。

この武士たちが坂上家の臣《しん》ならば、屋敷の在《あ》りかを示す品を所持しているに違いない——。

死骸《しがい》の懐中《かいちゆう》を検《あらた》めるのは、斬り伏せたとき以上の不快感を伴うものだった。

早々に死臭を嗅《か》ぎ付けてきた蝿《はえ》どもを追い払いながら、重信は息絶えた武士たちの懐中物を抜き取っていく。

垂れ流された体液の臭いが、生々しく鼻を突く。

またしても胸がむかつき、目の前に霞がかかってきた。

「母……上……」

己自身を鼓舞《こぶ》するように、重信は再びつぶやいた。

「必ずや……民治丸は本懐を遂げまする」

細面を真っ青にしながらも、決意に満ちた声であった。

三

その夜。

重信の姿は、とある武家屋敷の前に見出された。

京洛の地理に不案内の若者が早々に、ここまで辿り着けたのは僥倖《ぎょうこう》だった。

都人《みやこびと》は余所者《よそもの》、それも武士の問いかけにいちいち親切に応じてくれるほど、お人好しではない。王城の地といえば聞こえはいいが、京の都は数百年の昔から洛外より押し寄せる、無法の輩《やから》に私《わたくし》されてきた土地である。

我が身を守るためには、余所者に関わるべからず。相手が誰であれ、その者に有利となる言葉を伝えてはならない。それが洛中に住まう人々の知恵であり、唯一無二の自衛の策なのであった。

しかし、手証《てしょう》が有れば問題ない。

武士の一人が胴巻きに入れていた書き付けに、重信は助けられたのである。

それは、土倉《どそう》の貸付証文だった。

その武士はあるじの名前を騙《かた》って借りた銭《ぜに》を返済できず、さりとて踏み倒す度胸《どきょう》もなく、空《から》に等しい財布の中に仕舞い込んでいたのだ。

難しい文字までは分からなかったが、土倉の所在地と額面《がくめん》だけは読み取れた。

残る二人の胴巻きから出てきた一切合切《いっさいがっさい》を合わせれば、利息を含めても、何とか足りる額だった。

一面識も無い相手ながら亡父に縁故《えんこ》のある者ゆえ、借財を肩代わりしたいと告げた重信に、土倉の主人は知りたいことをすべて教えてくれた。

そして今、重信は目指す仇の屋敷の前にいる。

「…………」

周囲に人影が無いことを確かめ、大太刀の下緒《さげお》を解いて背負う。

軽く助走をつけ、重信は土塀に飛び上がった。

驚くほど身が軽いだけでなく、重信は夜目《よめ》も利《き》く。

すでに亥《い》の刻（午後十時）を過ぎ、周囲は漆黒の闇に包まれていた。

じっと重信は目を凝らし、耳を澄ませる。

小体《こてい》な屋敷に、変わった様子は特にない。

三人の家士が返り討ちにされたとも知らず、眠りに就《つ》いたのだ。

重信は土塀の上から飛び降りた。

足元の草を揺らすこともなく、地に降り立つ。

縁伝いに庭を移動していく際にも、足音ひとつ立てなかった。

革足袋《かわたび》と草鞋《わらじ》を脱ぎ、素足になっていたのである。

寒さなど、微塵《みじん》も感じていない。

雪国育ちの若者にとっては、晩秋の京の冷え込みといえども物の数ではない。

何より今は、体中の血が燃える思いに満ちていた。

足裏の前半分に重心をかけた体勢で、重信は小走りに突き進む。

庭に見張りの姿はなく、屋敷内に忍び込むのを阻む者もいなかった。

討手《うつて》を放《はな》っておきながら、詰めが甘い。

二十歳そこそこの若僧一人など、三名の手勢を差し向けただけで始末が付くはずと軽んじていたのだろう。

足裏の泥土を手ぬぐいで払い、重信は濡れ縁に昇った。

背負った大太刀は、すでに左腰に戻している。

そっと雨戸に手をかける。戸閉めさえ施《ほどこ》されてはいなかった。

「………！」

一寸（約三センチ）ほど開けた瞬間、重信は横に跳ぶ。

足元を狙って、一条の刃が迫り来たのだ。

「うぬ、浅野数馬《あさのかずま》が小倅《こせがれ》か!!」

廊下に仁王立ちとなり、一喝する男は寝間着姿。

手にしていたのは刀でも、太刀でもない。

重信の袴の裾をかすめたのは、九寸五分（約二八・五センチ）の小刀《しょうとう》だった。

侵入されたと気づいたものの床の間の刀架《とうか》まで走る余裕がなく、枕の下に忍ばせていた小刀で反撃の一手を仕掛けてきたのだろう。それとも、小刀が得物《えもの》、つまり得意な武具なのか。

いずれにしても、仇は重信に気づいていたのだ。

気取《けど》らせることなく起き上がり、自ら雨戸を開け放つと同時に一刀を振るう。恐るべき手練《てだれ》である。

しかし、続けて振ることは叶わなかった。

重信は瞬時に三尺余の刀身を抜き打ち、深々と斬り下げていたのである。

「ぐわっ!?」

男は血煙を上げてのけぞる。

それは僅差《きんさ》の攻防であった。

初太刀をかわせていなければ重信は足首を両断されて庭に転げ落ち、すでにとどめを刺されていたことだろう。

「坂上主膳……だな」

一瞬の勝負を制した重信は、荒い息をつきながら問いかける。

顔を見るのは、初めてのことだった。

口髭をたくわえた四十がらみの武士は、寝間着の胸元を朱《あけ》に染めていた。

弱々しくよろけながらも、己の血で真っ赤になった障子を背にして踏ん張る姿は阿《あ》修羅《しゅら》のようにも見える。上品そうな整った相貌《そうぼう》ゆえに、一層の凄《すご》みを感じさせた。

「返答せい」

再び問われ、武士は大きく目を開く。

「おのれ……わ、儂《わし》の余生《よせい》を台なしにしおって……」

つぶやく口調はもとより、見返す視線も憎々しい。

平穏な日常を破壊した相手を睨み殺さんとする、憎悪に満ちた瞳だった。

しかし、重信は怯《ひる》まない。

最愛の人に積年の辛苦を強《し》いた元凶《げんきょう》を滅《めっ》する。その一念だけのために、この五尺の体は今日まで現世に在《あ》ったのだ。

呪詛《じゅそ》の言葉が口を突いて出たのも、重信にしてみれば当然のことであった。

「わが母の恨み、覚えたか！」

二の太刀は鋭い突きだった。

両手で握った柄を絞り込み、繰り出した刀身は狙い違《たが》わず、坂上主膳の水月《すいげつ》を存分に刺し貫く。

正中線を崩すことなく、重信は一歩、また一歩と前に踏み出す。

その動きに応じて、刀身はさらに深く、背中へと突き抜けていく。

主膳の顔に、更なる苦悶《くもん》の表情が浮かんだ。

青ざめたくちびるが、微かに動く。

構わずに重信はもう一歩、前へ出た。

深々と埋まった大太刀に、力を込める。

「せ、千之《せんの》……」

苦しい息の下でそれだけ言うと、主膳は上体を痙攣《けいれん》させた。

動かなくなったのを確かめ、重信は後方に退いた。

体《たい》のさばきにつられて、長い刀身が死骸から抜き取られる。

この若者は愛刀を常に五体と連動させ、腰を入れて操っている。

故に三尺余りの大太刀でも、自在に操ることができるのだ。

一気に引き抜くと同時に、主膳は崩れ落ちた。積年の恨みを、重信は晴らしたのだ。

だが、まだ大切な仕事が残っていた。

(首だ。首を打たねばならぬ)

大太刀を取り直したとき、背中越しに悲鳴が聞こえた。

「殿!」

三十半ばと思《おぼ》しき、武家女だった。主膳の妻女であろうか。

傍らには、十歳そこその童《わらべ》が立っていた。

目を覚ましたばかりらしく、寝癖《ねぐせ》のついた前髪もそのままで、きょとんとしている。

眼前で何が起きたのか、まだ理解できていないのだろう。悲鳴を発しながらその場で座り込んだ母親に抱きすくめられたまま、棒立ちになっていた。

重信の血走った目が、童と合った。

今にも吸い込まれそうなほどの、無垢《むく》な瞳だった。

対する自分はといえば両の目を充血させ、血刀を振りかざしている。何も知らない幼な子の父親を、たった今、自分はこの刀で殺害したのだ。

己が父の仇を討ったことで、重信は新たな恨みを背負ったのである。

その童に対し、大太刀を振り下ろすことはできなかった。

抜き身を引っ提《さ》げたまま、重信は濡れ縁から飛び降りた。

「誰《たれ》か！　誰かあるっ！」

武家女の悲鳴に追われるように庭を駆け抜け、土塀をよじ登る。

ただただ、夢中であった。

深夜の大路《おおじ》を駆けながら、血脂に濡れたままの刃を鞘に納める。

首級《しるし》はおろか、髷《まげ》さえも持ち帰れぬ仕儀《しぎ》となったからには、この血濡れた大太刀を手証とするより他に無いだろう。

とにかく、今は一刻も早く、郷里に戻ることだ。

出羽へ。愛する母が吉報を待ち侘《わ》びている、我が故郷へ――。

仇の坂上主膳を討ち取って帰郷した一年後、重信は再び旅に出た。

時に満二十歳。数え年で、二十一歳のときの出来事である。

それから、十一年の年月が流れた。

若き兵法者《ひょうほうしゃ》は、今、すでに三十路《みそじ》を越えている
眉目秀麗《びもくしゅうれい》だった美青年も、厳《いか》めしい造作の持ち主に姿を変えて久しい。打ち続く乱世では望むと望まざるとにかかわらず、人斬りの業《ごう》を背負い込まずにいられない、兵法者としての宿命に懊悩《おうのう》しながら生き長らえてきた結果であった。

林崎甚助重信。

後の世に居合《いあい》の祖として崇《あが》め奉《たてまつ》られることになる男は今再び、久方ぶりに故郷の土を踏んでいた。

第一章　林崎重信の帰郷

一

元亀《げんき》四年（一五七三）三月の昼下がり。

林崎甚助重信は、野辺《のべ》の石佛《いしぼとけ》の前に立っていた。

石佛といっても、仏像の姿形を成しているわけではない。

自然のままの、ごつごつした地肌もあらわな土台石に縦長の碑《ひ》を据えた、手製の墓といった趣《おもむ》きの建立物であった。

「……十一年ぶりか」

久々に訪れた故郷の地は、ほとんど変わっていなかった。

戦国の乱世に在りながら大きな戦火に曝《さら》されることもなく、ここ出羽国の最上《もがみ》一帯がかくも平穏無事に保たれているのは、土地を治める者の人徳と思わねばならない。

後の世で村山《むらやま》と呼ばれるこの一帯は、当時、最上と称されていた。村山地方と最上地方の呼称が逆転し、定着したのは数十年後、江戸時代を迎えてからのことである。

しかし、それは重信の知るところではない。

今はただ、目の前の風景に、心からの感動を覚えていた。

(有難《ありがた》い)

自分の身の丈とさほど変わらない高さの石佛が、昔日と同じ場所、同じ空間に残されているのを目の当《ま》たりにしたとき、重信はまず、素直な感謝の念を抱いた。

出奔して以来、はじめての帰郷である。野も山も、幼き日々のままだった。

違うのは、ただひとつ。最愛の人が、今はこの世にいないことである。

「………」

重信は目を細めて空を見上げる。

いつまでも感傷に浸《ひた》ってはいられなかった。

「先生!」

石佛の上から、一人の若者がひょいと顔を覗かせる。

背が高い。六尺(約一八〇センチ)近くの長身に見合った大きな手に、古びた草刈り鎌を提げている。すぐに返すからと言って損料《そんりょう》を払い、近くの民家で借り受けたものだった。

「あらかた、済みましたぜ」

歯切れの良い、伝法《でんぽう》な口調だった。

この若者、名を巽《たつみ》新之助《しんのすけ》という。

伊勢国《いせのくに》は白子《しろこ》の港町で重信の剣技に感服《かんぷく》し、半ば強引に弟子入りしてきたのは昨年の六月も末のことだった。そろそろ一年越しの付き合いになる。

「手数をかけたな」

「何をおっしゃるんで。水くさい」

照れ笑いを浮かべながら草刈り鎌を置き、新之助は片肌を脱いでいた着物を改める。

傍らの草むらに横たえてあった、いかにも頑丈そうな造《つく》りの打刀《うちがたな》を、小袖と同じ流行《はや》りの茶に染めた野袴《のばかま》の左腰に差し直す。

袴紐《はかまひも》に鞘を固定する下緒《さげお》を結びながら、新之助はふと、真面目な口調で言った。

「何事も弟子として、当たり前のことをやらせていただいているだけでさ」

たっぷり頭ふたつは身長差のある弟子を見上げ、重信は微笑んだ。

眉間《みけん》が鋭く、えらが張っているので、一見すると近寄り難い印象を与えられる。

それでいて、黒目がちの丸い瞳は、妙に人なつっこい。路傍で無心に遊ぶ童子を思わせる、邪気《じゃき》の無い目であった。

「冷えぬようにしろよ。尾張《おわり》育ちのおぬしには、東北の気候はきつかろう」

「はい」

素直に答えると、新之助は小袖の上に道中着を重ねた。敬愛する師匠から言われた通り、体を冷やさぬためである。

(でかいな)

弟子の広い背中をつくづくと眺めながら、重信は思った。

六尺近い大男の新之助と並ぶと、重信の小柄な体軀《たいく》はいっそう小さく見える。

にもかかわらず、重信の差料《さしりょう》は長大だった。

刃長《じんちょう》三尺二寸三分(約九六・九センチ)。無銘《むめい》の大太刀である。

その大太刀を左腰に帯びたまま、重信は墓前へと歩み寄る。

新之助が周囲の雑草を残らず刈り取り、苔《こけ》まで除いてくれたおかげで、石佛は見違えるようにきれいになっていた。

「これが、先生のご母堂《ぼどう》さまなんですね」

後に続きながら、身支度を整えた新之助は、感慨深そうにつぶやいた。

あらかじめ用意しておいた、水桶《みずおけ》を提げている。

「失礼しやす」

重信が立ち止まったところで、一礼して前に進み出る。

師の前に出た新之助は、丁寧な手つきで墓石に水をかけた。重信が母の墓に近付くことを許すのも、それだけの信頼を預けているからだった。

麻布《あさぬの》の手ぬぐいで墓石を磨き始めた重信に、新之助は何げなく問う。

「十一年ぶり……ですか？」

「そうなるかな」

右手を休めることなく動かしながら、ぽつりと重信は答えた。

重信がここ最上の地に立ち戻ったのは、単なる郷愁ゆえのことではない。その生前に教えを受けた塚原卜伝《つかはらぼくでん》が自分に遺《のこ》した口伝《くでん》「鞘の内《うち》」の真意を体現すべく、兵法者として生涯を費やす決意も新たに、再出発を志《こころざ》したからであった。

ともあれ最愛の母に報告しなくては、何事も始まるまい。

そのために一番弟子の新之助を伴って、滞在していた西国から遠路を厭《いと》わず、東北の地に戻ってきたのであった。

「………」

丹念《たんねん》に墓石を磨く重信の目に、不意に熱いものがこみあげてきた。

十一年前、婚家の墓所にも、生家の先祖代々の墓にも入ることを望まなかった母の菅野《すがの》の遺言に従い、重信はこの石佛を建てた。

葬儀《そうぎ》も何もしてやれず、自分独りで葬《ほうむ》るしか無かった母の魂魄《こんぱく》は、安らかに成仏《じようぶつ》してくれているのだろうか。

そう思うと、胸の内がきりきりと痛んだ。

掃除を終えた重信は、右腰に提げた革の小袋から火打石《ひうちいし》と火打金《ひうちがね》を取り出す。

「風が穏やかな日で、ようございましたね」

そう言いながらも、新之助は脱いだ道中着を風除けにする。

この袖なしの上っ張りは、胴服《どうぶく》とも称される。容易に買い換えの効かぬ衣服を雨埃から守るために欠かせない、一種の外衣であった。

石と火打金を二、三度軽く打ち合わせ、重信は火花を枯れ草に燃え移らせた。懐中から唐土《もろこし》（中国）渡りの線香を出すと、新之助が広げてくれた道中着の陰で点火する。

墓前に漂い始めた供花《くげ》の煙の中、師弟はしばし合掌《がっしょう》した。

「先生……？」

新之助が立ち上がりかけたとき、重信はまだ両眼を閉じていた。

手を合わせたまま、名残り惜しげに墓前にしゃがみ込んでいる顔には、赤子《あかご》の如く無垢《むく》な表情。

目の前の石佛にすべてを委《ゆだ》ねているかのような、そんな印象さえあった。

そんな重信を見た新之助は黙ってひざまずき、もう一度、神妙に合掌する。

しかし、このとき師弟は気づいていなかった。

木陰から鋭い視線を向ける、若い兵法者の存在に——。


「隙だらけだな」

形の良い頭を軽く振って腕を組み、その兵法者は苦笑した。

黒々と伸ばした髪を、茶筅《ちゃせん》に結《ゆ》っている。面長《おもなが》で造作が整っていなくては、まず似合わぬ髪型だ。

見目形《みめかたち》が良いのは、目鼻立ちだけではない。

細身の体軀には、無駄《むだ》な肉が一片もついていなかった。

常に腹八分目を心がけて鍛錬《たんれん》を積み重ね、贅肉《ぜいにく》を残らず削《そ》ぎ落として作り上げたであろう肉体だった。

痩《や》せているようでいて、組んだ二の腕は逞《たくま》しい。股下《またした》が優に三尺に達する長身でありながら、立ち姿から不安定な印象を与えられぬのは、野袴に隠された下肢《かし》が万全に鍛えられているからに他ならなかった。

左腰に差した、大小二振りの打刀が、いかにも軽そうに見える。もちろん、それは若者の腰が安定しているためであって、刀の造りそのものが安っぽいわけではない。

鞘から抜き打つと同時に右手一本で相手を斬り下げる、片手打《かたてうち》と称される刀法《とうほう》に最も適した二尺一寸（約六三センチ）の大刀も、一尺（約三〇センチ）をわずかに下回る長さに仕立てた小刀も、十分に金のかかった逸品《いっぴん》である。

とりわけ、小刀は目立っていた。

黒糸を菱形《ひしがた》に巻いた柄は、一見すると頑丈な革巻なのかと思えるほど、つやつやと光沢を帯びている。

常日頃から肌身離さず愛用し、日々の稽古《けいこ》を通じて汗と脂を吸わせた柄でなくては、こうはなるまい。よほど使い込まれていることのあかしだった。

「林崎甚助重信……」

背を向けながら、兵法者はつぶやいた。

「故郷の土に還《かえ》るのならば、本望だろう」

二十歳《はたち》をわずかに過ぎたばかりとしか思えぬ若者の片頰に、凄絶《せいぜつ》な笑みが浮かんだ。

二

石佛から、およそ五町《ちょう》（約五五〇メートル）の梅林《ばいりん》に、小さな神社がある。

土地の者たちは、その社を林崎大明神《はやしざきだいみょうじん》と呼んでいた。

「よく来たなあ」

境内《けいだい》を掃《は》いていた祠官《しかん》が、手を止めて駈け寄ってくる。

「ご無沙汰《ぶさた》をいたしました」

慇懃《いんぎん》に一礼した重信に、老いた祠官は懐《なつ》かしそうに目を細める。土地の言葉で語りかける態度も、親しげなものだった。

「しばらぐだったなぁ。最上さ帰りだぐなったんでねえがぁ」

「母の墓参に、罷《まか》り越したまでのこと。一言だけ、ご挨拶《あいさつ》にと立ち寄ったのです」

言葉少なに答えた重信に、祠官はちらりと寂しげな表情を浮かべる。

郷里に戻って方言を耳にしたとき、人は帰るところに帰ってきたと安堵感を感ずるのが常である。

だが、重信の反応は違っていた。

「……ま、上がれ」

祠官の案内で、師弟は拝殿《はいでん》に足を踏み入れる。

拝殿に通され、何げなく神座を見やる。

そのとたん、新之助は目を見張った。

重信の愛刀とほぼ同じ、三尺物の大太刀が鎮座《ちんざ》しているではないか。

この神社、師匠と如何《いか》なる関わりがあるのだろうか――。

拝殿で座禅を組みたいと言い出した重信を一人残し、祠官が暮らす社家《しやけ》に招かれた新之助は思わぬ事実を告げられた。

「仇討ち……？」

新之助は思わず息を呑んだ。


話は、重信の生誕前にさかのぼる。

事の始まりは天文《てんぶん》七年（一五三八）。浅野数馬重治《あさのかずましげはる》は出羽国の大名である最上家につながる楯岡《たておか》城の城主、最上因幡守満英《いなばのかみみつひで》への仕官を果たした。

二百石《こく》取りの身に出世した数馬は、楯岡の郷士の高森《たかもり》家から、かねてより相思相愛だった娘の菅野を天文九年（一五四〇）に妻に迎えた。仲が良すぎる夫婦は子が出来にくいと言われるが、二年が過ぎた天文十一年（一五四二）には待望の第一子が誕生。民治丸と名付けられた。この赤子が、後の重信である。

「それじゃ先生にご兄弟は？」

新之助は祠官に問うた。

「いねえ。菅野さぁは病弱な質《たち》だっださけ、重信さぁの後は授からなんだ」

夫婦が一粒種のわが子に惜しみない愛情を注いだのも、当然のことだろう。

しかし、民治丸が六歳になったばかりの天文十六年（一五四七）に、思いがけない悲劇が起こった。

数馬が懇意《こんい》にしていた林崎明神の祠官、つまり、この老人の許《もと》へ碁《ご》を打ちに行った帰り道に、坂上主膳と名乗る旅の兵法者の手で闇討ちにされてしまったのだ。

刀を抜き合わせる余裕さえ与えられず、数馬は九寸五分《ぶ》（約二八・五センチ）の鋭利な小刀で近間《ちかま》から、心《しん》の臓をひと突きにされて果てていたという。

憎むべき仇の名は、虫の息の数馬が言い残したものであった。

「旅の兵法者が……？」

新之助は、不可解な表情を浮かべた。

武者修行《むしゃしゅぎょう》を目的に諸国を巡る兵法者は、名の知れた指導者のいる地を選んで旅をする。試合を申し込めば、勝敗の如何《いかん》にかかわらず一夜の宿と食事、次に目指す地に辿り着くまでの道中で食べる乾飯《かれい》まで、提供してもらえるからだ。

しかし、剣術道場の数が少ない東北では宿と食事にありつけないため、武者修行の旅そのものが成立し難い。駆け出しの新之助でも、わきまえていることだった。

「坂上主膳って奴は、本当に兵法者だったんですかね」

疑り深そうに問うた新之助を、祠官はじろりとねめつけた。

「剣この修練を積んだ者でなぐて、ああは斬れねぇ」

「………」

東北言葉における接尾語「こ」には、二種類の意味がある。一般には小さいものに対する信愛の情を表すが、ある種の軽侮《けいぶ》の表現が込められる場合もあった。

東北訛《なま》りがよく分からない新之助にも、この老いた祠官が刀に、そして浅野数馬を斬った坂上主膳なる男に抱いて止まぬ嫌悪の念だけは、ひしひしと伝わってきた。

それにしてもなぜ、御家大事に勤めてきた真面目な家臣が、旅の兵法者などの怨みを買ったのだろう。そこのところは、新之助にも理解できなかった。

ともあれ、家臣を殺害されたことは当人の遺族のみならず、主家まで汚名を背負う結果につながる。何としても、残された菅野は夫の仇を討たねばならなかった。

しかし、数馬の仇は諸国を巡る武者修行の兵法者。ひとたび逐電されてしまっては追う術《すべ》が無いし、第一、腕が凡百《ぼんぴゃく》の者とは違いすぎる。菅野がいかに気丈《きじょう》でも、女の身で立ち向かえる相手ではなかった。

実家の高森家に身を寄せた菅野は民治丸が八歳になるのを待って、息子を楯岡城で武術師範《しはん》を務める東根刑部《ひがしねぎょうぶ》太夫《だゆう》の許《もと》に入門させた。他人に頼るのを潔《いさぎよ》しとしない菅野が愛する夫の汚名をすすぐため、初めて甘えた主家の厚意のおかげであった。

だが、民治丸はすぐに送り返されてきたという。

「なぜですかい？」

納得がいかない様子の新之助を、小柄な祠官はじろりと見やった。

どことなく険《けん》を含んだ口調で、新之助に言い返す。

「あんだみてえに大っけえのには、わがんねえと思うけんど……」

すべては恵まれない体格が原因だった。

小柄なうえに膂力《りょりょく》の弱い民治丸がいかに鍛錬したとしても、父の仇を討ち果たすことは難しい。強いたところで、返り討ちに遭うのは目に見えていた。

東根の冷静な判断を汲み、主君の最上因幡守満英が仇討ちを断念せよと再三勧めたのも、非情な措置というよりは母子の身を案じたが故だったのだろう。

この温情を拒んで以来、仇討ちは母子二人だけの問題となったのである。

祠官は淡々と続けて言った。

「菅野さぁは収まらながった。数馬さぁの無念さ晴らさずに置がぬと」

「まさか……。ご自分で、先生を」

「鍛えだ。それこそ、鬼女のようにな」

実際に見たわけではないが、菅野は息子をただ叱り飛ばすだけでなく、時には自ら木剣《ぼっけん》を取り、組太刀の相手を務めていたのではないかと祠官は語った。

そうしなければ、まるで剣術の素養《そよう》が無かった少年を、一人前に鍛え上げることはできなかったはずだとも。

菅野がわが子を伴い、この林崎明神に初めて祈願したのは、民治丸に剣の修行を始めさせてから五年が過ぎた、天文二十三年（一五五四）のことだった。

亡き夫の数馬が聖域を血で汚したのを恥じ、長らく社《やしろ》に近付くことさえ慎《つつし》んでいた菅野を、祠官は暖かく迎えたという。

「数馬さぁは友達だ。人殺しの手伝いさぁしだくはながったども、仇討ちとなれば話は別だがらな」

つぶやく老いた祠官の双眸は、やるせない色を帯びていた。

その頃、誰もいない拝殿で結跏趺坐《けっかふざ》した重信は、じっと神座を見つめていた。

こうして冷たい床《ゆか》の上に座していると、遠い少年の日を想起せずにはいられない。

並の長さの木剣で可能な限りの稽古を積み重ねた末、菅野と民治丸は敵より長い刀ならば勝てる、という結論に達した。たとえ体格に恵まれていなくても、並より長大な太刀さえ用いれば、自ずと遠間《とおま》で戦うことができると気づいたのだ。

理に叶《かな》った戦法だが、長尺の刀を振るうためには見合った技量を培《つちか》わなければならない。それから弘治《こうじ》二年（一五五六）に至るまで二年の間、民治丸は大太刀を自在に扱う膂力を身に付けるべく、激烈な稽古を己に課した。

一方、菅野は爪に火を点《とも》すようにして蓄財《ちくざい》に励み、名工の来信国《らいのぶくに》が鍛えた三尺物の大太刀を息子のために用意した。

しかし、ここで新たな問題が生じた。

いかに長い刀の扱いに熟達しても、いざ敵と向き合えば、まずは鞘から抜かなくてはならない。しかし、小柄であるうえに腕も短い重信が、大太刀を一挙動で抜き打つのは不可能に等しい。まだ十五歳の少年にとっては、誤って手を切ることなく本身を抜き差しするだけでも至難の業《わざ》であった。

いざ仇と遭遇《そうぐう》し、真剣勝負を挑んだとしても、肝心の抜刀に手間どっていては話になるまい。亡き父と同様に刀を抜き合わせる暇もなく、主膳の小刀に敗れてしまうのは必定《ひつじょう》だった。

重信は、鍛錬に明け暮れた日々を、鮮明に思い出していた。

(なればこそ、俺は居合の技を磨いたのだ)

まだ民治丸と呼ばれていた重信は母に授けられた信国の一振りのみを携《たずさ》え、この社にて百日間の参籠《さんろう》を行った。

いかにすれば三尺余りの大太刀を小刀より速く、確実に抜くことができるか。

前人未到の抜刀の技を完成させるべく、刀の鯉口と左手を傷だらけにしながら百日目を迎えた少年は、ついに開眼した。

百日の間、雑念が生じることの無い環境に身を置いて稽古を重ねたからこそ、これまで地道に培ってきた技量が一気に花開き、小柄な体で扱いかねていた刀身を一挙動で抜き打つ妙技を会得するに至ったのだ。

今、目の前に鎮座している信国の大太刀を、迅速確実に抜き打つ技を——。

この大太刀は十二年前、仇敵を討ち果たした報告かたがた、重信が自身の手で林崎明神に奉納《ほうのう》したものであった。仇を討ったあかしとして、そして大願成就《じょうじゅ》の御礼として、祭神の素戔嗚尊《すさのおのみこと》と伊弉諾尊《いざなきのみこと》、伊弉冉尊《いざなみのみこと》に捧げた一振りだったのである。

黒鞘に納められた、先反りの刀身の長さは三尺二寸（約九六センチ）。重信が現在差している無銘の愛刀と比べれば、三分（約〇・九センチ）短い。

この三分の差こそが、故郷を離れた後に巡り会った塚原卜伝の薫陶《くんとう》のおかげで到達した、抜刀の奥義の顕《あらわ》れなのであった。


重信は座禅を解き、おもむろに腰を上げた。

愛刀を左腰に差しながら境内に降り立ち、拝殿に向き直る。

いつしか陽は沈みつつあった。冷たい風が瓢々《ひょうひょう》と、五分咲きの梅林を吹き抜けていく。

あの日、あのときと同じ体勢を取った重信の横顔を枝越しの西陽が照らしている。

「………」

と、小柄な体が機敏に動いた。

大太刀の柄に右手を這《は》わせると同時に、左手で鯉口を握る。

三尺余の刀身が、一挙動で抜き放たれた。

ふつうの兵法者がやるように、水平に鞘を払ったわけではない。縦に、しかも刀身を鞘に納めたまま、帯の間から急角度に抜き出したのである。

重信は、腕の長さも常人より短い。

それ故に百日間、どれほど錬磨《れんま》に錬磨を重ねても、柄まで含めた全長が自分の顎の高さを越えている信国の大太刀を、水平に鞘走らせることはできなかった。

鯉口を握る左手の親指と人差し指の間の皮に、これ以上は作れないと思えるほどの切疵《きりきず》をこしらえた結果、身を以《もっ》て理解したのである。

そして、重信は悟ったのだ。

水平に鞘走らせることがどうしても不可能ならば、自分の体格でも抜刀できる位置まで刀身を鞘に納めたまま、移動させればよいのだと。

いかに長い刀身であっても、鞘ごと帯から抜き出し、その抜き出したぶんだけ腰の位置まで鞘を引き戻せば、短縮して、しかも一気に鞘走らせることができる。

単に速く抜けるだけではない。

鯉口が胸元あたりまで達した瞬間に左手で鞘を引き戻し、同時に右手で柄を上方に引き出せば、刀身は自ずと鞘から抜き放たれる。

抜いて即座に振りかぶり、斬撃を浴びせるわけだが、このように胸元の高さから抜き打てば、並の体格の持ち主が水平に——つまり腰の高さで鞘走らせた刀身を、小柄な重信にも十分に制することが可能となるのだ。

三尺余の刀身を一挙動で鞘から抜き放ち、体格で勝る敵を一刀の下に倒す。

これが重信が会得した秘技『卍抜け《まんじぬ》』の要諦《ようてい》であった。

三

新之助は、ぬるくなった白湯《さゆ》を飲み干した。

自分がいると重信も顔を出しにくいはず、達者《たっしゃ》でやれと伝えてくれと言い置いて、祠官はすでに姿を消した後であった。

(卍抜け……)

あの神業《かみわざ》の長剣抜刀が、父親の仇を討つために編み出された技だったとは。

空になった碗を前にして新之助は茫然《ぼうぜん》とするしか無かった。

兵法者とは俗世のしがらみに縛られることなく、己が術技を研鑽《けんさん》する存在なのだと無邪気に信じ込んでいた若者にとって、重信が兵法者の道を歩み始めた動機は、余りにも生々しいものであった。

敬愛する師の意外な過去に驚きを禁じ得ない新之助の心中を知ってか知らずか、老いた祠官は口外無用という約束で、すべてを語ってくれたのだ。

開眼から三年後。さらなる研鑽を積んで『卍抜け』を完璧なものとした民治丸は、永禄二年（一五五九）に十八歳で元服。林崎甚助重信と名を改め、仇討ちの旅に出た。

そして、二年後の永禄四年（一五六一）。

二十歳になった重信は、郷里の京洛に立ち戻っていた主膳と遭遇。一刀の下に怨敵《おんてき》を討ち果たしたのであった。

刀を抜く余裕さえ与えずに相手を倒す、恐るべき小刀の技に熟達していた京の兵法者も、重信の長剣抜刀の前には抗する術《すべ》を持たなかったのである。

かくして故郷に錦《にしき》を飾った重信であったが、父の跡目を継ぐことは無かった。

周囲から因幡守への仕官を盛んに勧められながら、固辞《こじ》したのには理由がある。

長らく留守にしていた間に、最愛の母・菅野が病《やまい》に倒れていたのだ。

それから一年の後、必死で看病に務めた甲斐《かい》も無く、永禄五年（一五六二）に菅野は逝《い》った。

母を見取った、重信は誰の手も借りず、在所から五町南の地に石佛を建立《こんりゅう》。その足で郷里を後にしたという。

時に、林崎甚助重信二十一歳。

天涯《てんがい》孤独の身となった若者に、もはや故郷への未練は無かったのであろう。

（いや、それだけじゃなかったはずだ）

本姓の浅野を捨て、未だに別姓で通しているのは名字の元《もと》となった土地である林崎の地に、格別の想いを抱いているからに他ならなかった。

（あの人も、やはり生身の人間なのだな）

そう自分に言い聞かせながらも、新之助はひとつだけ、解《げ》せないことがあった。

どうして師匠は父親について、一言も語らないのであろうか――。


夕闇が境内を包み始めた頃、ようやく重信は大太刀を鞘に納めた。

抜き打つ時と逆の手順で、三尺二寸三分の刀身を納刀する。

重信は今、林崎明神への奉納演武を終えたところであった。

最初に会得した『卍抜け』以外の技には、まだ名前はついていない。幼い時から剣術修行一辺倒で過ごしてきた重信は、ほとんど漢字を知らないからだ。

それでいい、と重信は思う。

技名など、いずれ後世の者がつけてくれる。今、自分が為すべきことは、編み出した術技のありのままの姿を、後の世まで伝えることのみ。そう考えていた。

自分の技を世に広めるにはまず、己自身を鍛えなくてはならない。

その鍊磨のため、武者修行の旅を心おきなく続けるためにも、原点に回帰したい。なればこそ十一年ぶりに遠路を厭わず、故郷の地へ帰ってきたのだ。

重信の原点。それは母以外の何者でもない。

六歳で死に別れた父の数馬の顔を重信はほとんど覚えていない。厳格な武士であるほど、幼いわが子と遊んでやることなど皆無《かいむ》に等しかった当時としては、無理からぬ話であった。自ずと女親に寄せる愛情が強くなりがちなのも、不思議ではない。

しかし、重信にとって母親は、手放しで甘えてもいい相手ではなかった。

仇討ちの成就《じょうじゅ》を一途《いちず》に願い続けた菅野の心が、生きている息子でなく、この世にいない夫に在ることに、重信は幼い時から気づいていた。

女の身で重信を鍛え、蓄財に励んで名刀を買い与えたのも、すべては亡き数馬への愛情ゆえの行為だったのではないか。邪推《じゃすい》とは承知の上で、そう思えてならなかった。

(俺は、どこまでも父の仇討ちを果たすための道具だったのか……)

齢《よわい》三十を過ぎた今も、思い出すたびに苦悩せずにはいられない。

それでも、重信は母を愛していた。

さもなくば、どうして苛酷な修行に耐え抜くことができたであろうか。

菅野の願い通りに仇討ちを果たし、つきっきりで看病をして暮した一年の間、重信は誰《だれ》憚《はばか》ることなく母を独占することができた。そう、亡き父以上に。

それが至福《しふく》の時だったと言えば、罰《ばち》が当たるであろう。

だが、重信が真に愛する対象は、どこまでも母でしかなかった。

「……」

重信は、懐中から油紙の包みを取り出した。

包みの中には、伊勢国の北畠《きたばたけ》具教《とものり》から渡された黄金が五枚、入っている。北畠家と織田《おだ》家との抗争で図《はか》らずも一働きした重信への褒賞《ほうしょう》兼口止め料として、半ば無理やり押し付けられた金子《きんす》だった。

きれいな金ではないが、自分の働きで得た報酬《ほうしゅう》であることに変わりはない。墓所を見守ってもらう返礼として、このまま置いていったところで祠官は気を悪くはしないだろう。心の中で非礼を詫《わ》びながら、重信はそう思った。

四

師弟が林崎明神を後にしたのは、酉《とり》の刻（午後六時）を過ぎた頃合だった。

すでに、陽は落ちていた。

足元から伝わってくる寒気を覚えながら、重信と新之助は黙々と山道を歩いて行く。

内陸の地とはいえ、出羽国の三月はまだ冬である。

新之助の若い肉体にも、この寒さは耐え難い。

故《ゆえ》に、ついつい思ってしまう。

(意固地《いこじ》なもんだな、先生も……)

重信が林崎明神に宿を頼むつもりがないことは、最初から察しは付いていた。

しかし、祠官の話を聞いた今となっては、もう少し甘えてもいいのではないかと思わずにはいられない。

「先生、今宵の宿はどうなさいますか？」

「いま少し行けば、楯岡に着く」

歯を鳴らしながら問うた新之助に、重信は言葉少なに答えた。

今は一刻も早く、この地を後にしたい。それしか頭に無い様子だった。

新之助は仕方なく、黙って師の後に続く。

半里《はんり》(約二キロメートル)ほども歩いた頃には、周囲は濃い闇に包まれていた。

夜目が利くうえに寒さに馴れている重信と違って、西国生まれの新之助にとっては尚のことキツい状況だった。

(松明《たいまつ》を調達しておけばよかったな)

新之助が後悔し始めたとき、後方から呼ばわる声が聞こえた。

「林崎甚助重信！　覚悟せいっ」

闇の中から殺到してきたのは、小刀だった。

新之助を無視し、先を歩いていた重信に向かって一直線に殺到する。

敵もまた、夜目が利くのだ。

その斬撃は正確であると同時に、鋭い。

重信は大太刀を抜き合わせることができず、辛うじて鞘の半ばまで払った刀身の鎬《しのぎ》で受け止めるのが精一杯。敵は驚くほどの手練であった。

負けじと敵を見返した刹那、重信の顔に驚愕《きょうがく》の表情が浮かんだ。

「おぬしは……坂上主膳！」

重信が六歳の時、父を闇討ちにした男の名前である。

十二年前に京洛の地へ赴《おもむ》いた重信が、自身の手で討ち果たした仇であった。

まさか生きているはずがない。

しかし口髭が無いのを除けば、顔立ちはまさに瓜二つ。

戦慄《せんりつ》を覚えながらも軸足に力を込め、重信は敵の刃を押し返す。

逆らうことなく、敵は後方に跳び退《すさ》った。

小刀を片手中段に構え直し、堂々と名乗りを上げる。

「我が名は坂上千之丞《せんのじょう》。父の仇、今こそ討とうぞ！」

「坂上……千之丞……」

重信の疑念が氷解した。

十二年前の夜に主膳の屋敷で対峙《たいじ》した、あの童《わらべ》。

あの無垢な瞳の持ち主が、逞《たくま》しい若者に成長し、自分を討ちにやってきたのだ。

仇討ちを果たした自分が今は逆に、父親の仇と言われている。

恨みの連鎖とも言うべき結果に、重信は耐え難い嫌悪感を覚えた。

そんな心の内を知ってか知らずか、千之丞は嵩《かさ》にかかった声で言い放った。

「長剣抜刀とやらも、大したことはないな」

大太刀を鞘走らせるのも忘れたままの重信を、千之丞は嘲笑《ちょうしょう》する。

「その大太刀、ただの飾りでなくば抜いてみい」

半ばまで鞘を払った体勢のまま、重信は動けない。

そこに新之助が割って入った。

「おのれ！」

劣勢の師匠をかばおうと、捨て身で飛び込んだのである。

重信と違って修行の足りぬ新之助は、夜目が利くわけではない。

敵の位置を目視で捕捉することができぬ以上、最初から不利なのは分かっていた。

しかし、ここで矢面《やおもて》に立たずして、何が師弟か。一途な心根ゆえに、新之助は敵の刃の下に我が身を晒したのであった。

「どこだ！　どこにいるっ」

二尺三寸（約六九センチ）の肥後《ひご》の剛刀・同田貫《どうたぬき》をサッと振りかぶり、千之丞の声がした方向に鋭く斬り込む。

狙った位置こそ正確だったが、捨て身の攻撃は功《こう》を奏《そう》さなかった。

新之助が斬り下ろしを見舞う寸前、千之丞は地を蹴《け》って飛び上がったのである。

六尺豊かな長身が宙に舞った瞬間、突進した勢いそのままに新之助は転倒した。

寒さで強張った四肢は、思うように動いてくれない。

「ほら、ここだぞ」

着地した千之丞は、子どもを相手にするかのように両手を打ち鳴らす。

完全に、こちらを舐《な》めている。

姿が見えぬ相手に愚弄《ぐろう》されるほど、腹立たしいことはあるまい。

「この……！」

飛び起きざまに横殴りの一刀を振るったものの、同田貫は弾き返された。

「うわっ」

衝撃に耐え切れず、新之助は愛刀を取り落とした。

（確かに、斬ったはずなのに……）

凍《い》てつく地面を必死で手探りするが、なかなか見つからない。

頭上から尊大な声が降ってきた。

「よく、届いたな」

相変わらず居丈高《いたけだか》な口調だが、どうやら本気で感心しているらしい。

「鎖帷子《くさりかたびら》でも着込んでやがるのか、卑怯者《ひきょうもの》めっ」

姿の見えない相手に苛立ちながら、新之助は叫んだ。

刀を取り落とすほどの衝撃を受け、完全に右手が痺《しび》れている。

「鎖に非《あら》ず、温石《おんじゃく》よ」

人を食ったような千之丞の声が、次第に近付いてきた。

まだ、同田貫は見つからない。

「おぬしの如く寒さでかじかんでおっては、思うように腕が振るえぬからな。懐中に入れておいたのが、まさか防具代わりになるとは思わなんだが……」

告げながら迫る足音に、新之助の肌が粟立《あわだ》った。

「せ、先生っ」

新之助は懸命に絞り出す。

しかし重信は沈黙したまま、どこにいるのかさえ分からない。

「情けなき哉《かな》。冷たい師を持ったものだの、おぬし」

うそぶきながら、千之丞は小刀を鞘に納める。空いた両手で大刀を抜くつもりか。

「ま、待て」

動くに動けない弟子が突かれそうになる寸前、重信はやっと大太刀の鞘を払った。

だが、なぜか斬りかかろうとはしない。

「先生……」

新之助が、低くうめいた。

ようやく探り当てた同田貫の柄に、手を伸ばす。

しかし、まったく持ち上がらない。

必死で柄を動かそうとする新之助の頭上から、再び声が降ってきた。

「無理をいたすな。命が惜しくば、そのまま動いてはならぬ」
相手が嗜虐《しぎゃく》の笑みを浮かべているのが、目に見えるようだった。
千之丞の足が、刀身を踏み据えているのだ。
最初から、この余裕に満ちた若者は同田貫の在り処《ありか》を知っていたのである。
しかも自らは刀を抜くことなく、両手を体側に下ろしたまま。
これほど相手を馬鹿にした振る舞いはあるまい。
新之助に返す言葉は無かった。
この男は強い。
力自慢の自分が幾ら力を込めても微動だにしないほど、刀を抑え込むとは——。
かつて遭遇したことのない、恐るべき相手であった。
そう感じたのは、新之助だけではないらしい。
(もしや勝てぬと分かっていたから、手を出さなかったのか?)
師に対して覚えた疑念を証明するかの如く、千之丞はずけずけと言い放つ。
「つくづく甘いな、林崎」
「……………」
答えぬ重信に、千之丞は続けて言った。

「弟子にばかり戦わせ、己は手も出さぬのか？」

それでも、重信は無言のままだった。

軽く舌打ちを漏らした千之丞は、足元の新之助に呼びかけた。

「だらしのない師匠を持ったものだの、おぬし」

労《いたわ》るような口調なのが、よけいに癪《しゃく》にさわる。

(この野郎！)

満身の力を込めて刀を持ち上げたとたん、新之助は尻餅《しりもち》をつく。

勢い余って無様に転ぶと承知の上で、千之丞は踏み付けていた足を離したのだ。

「糞《くそ》っ」

怒号《どごう》を上げながら、新之助は刀を振り回した。

滅茶苦茶に切り払われた枯れ草が、木の皮が、舞い上がる。

しかし、すでに千之丞はいなかった。

新之助から離れると同時に、一間（約一・八メートル）も先に跳び退《すさ》っていたのだ。

重信が仕掛けてこないと確かめて、千之丞は最後に一言告げた。

「健気《けなげ》な弟子に免じて、今宵《こよい》のところは引き揚げてやろうぞ。したが林崎、うぬが身辺には拙者《せっしゃ》の目が常に光っておることを忘れるな……」

かくして、音もなく千之丞は去った。

その夜、重信と新之助は無人の廃屋《はいおく》に泊まった。

囲炉裡《いろり》で火を燃やして暖を取り、白湯を飲んで横になる。

終始、二人は無言だった。

重信は押し黙ったまま、重苦しい空気を発散するばかり。いつも口数の多い新之助も黙々と、火が絶えぬように枝をくべることに徹《てっ》していた。

心酔する師匠が敗れたばかりか、自分の窮地《きゅうち》を救うことさえ戸惑ったのに、新之助は不審を抱き始めていたのだ。

(俺はこのお人にとって、そんなに軽い存在だったのか……)

無二の師匠と仰《あお》いできたからこそ、覚えずにはいられない失望の念であった。

第二章　最上義光暗殺の計

一

出羽国には、在地の豪族が群雄割拠《ぐんゆうかっきょ》している。

天下布武《ふぶ》を目論《もくろ》む大物たちが鎬《しのぎ》を削る中央の動きとは別の流れで、地元での覇権《はけん》を巡って血で血を洗う、武力衝突が絶えない土地であった。

最上家の若き当王である最上義光《もがみよしあき》もまた、名実ともに東北の覇者となることを終生の悲願とする、戦国大名のひとりだった。

「とおーっ！」

裂帛《れっぱく》の気合いを込めた一撃が振り下ろされた。

木剣とはいえ、まともに食らえば即死しかねない刀勢《とうせい》を発している。

その打ち込みを辛くも凌《しの》いだのは、十七、八と思《おぼ》しき紅顔の小姓《こしょう》。両眼を血走らせながら木剣を斜《はす》にして、受け止めた刀身を押しこくる。

「いいぞ！」

負けじと押し返しながら、打ち込んだ男は威勢の良い声を上げた。

彫りの深い、精悍《せいかん》な顔に余裕の笑みを浮かべている。

一歩間違えば死に至る組太刀を、心から楽しんでいるのだ。

筒袖《つつそで》からはみ出た腕の下筋《したすじ》がたくましい。ひと回り年下の小姓にも、まったく力負けしていない。

「くっ！」

堪《たま》らずに小姓がよろける。

「と、殿……」

「弱音を吐くか、助左《すけざ》！」

男は、鋭く一喝《いっかつ》した。

「戦場《いくさば》に待ったは無いぞ！」

言うと同時に、足払いをかける。耐え切れず、小姓は板の間に打ち倒された。

「参りましたっ」

あわてて平伏《へいふく》した小姓に、男は言った。

「腰の粘りが足りぬ。若いうちに鍛えておかねば、儂《わし》の齢《とし》になってから泣くぞ」

「き、肝《きも》に銘《めい》じます」

「よし」

うなずくと、男は脇に控えていた、二人目の小姓に呼びかけた。

「三郎左《さぶろうざ》、参れ」

「はっ」

板の間の中央に歩み出た二人目の小姓が、木剣を構えた。

朋輩《ほうばい》と同様、筒袖に仕立てた麻の小袖を着ている。袖が動きを妨げないように作られているので、いちいち革襷《かわだすき》をかけずとも木剣を振るうことができる。主君の日々の稽古相手を仰せつかった時、与えられたものだった。

主従揃って、気迫は十分。

「行くぞぉー！」

精悍な顔に闘志を漲《みなぎ》らせ、男は小姓に突進して行く。

最上義光。当年二十八歳になる、最上家の十一代当主であった。

二

日課の稽古を終えた義光は、奥の間でゆっくりと中食《ちゅうじき》を摂《と》った。

昔気質《かたぎ》の家臣の中には、一国の主ともあろう者が中食など下品《げぼん》の極み、と苦言《くげん》を呈《てい》する者も少なくない。しかし、義光は朝夕の二食をたっぷり摂るよりも日に三度、腹八分目の食事をするほうが胃のこなれもよく、日々の活力源となりやすいことを自身の経験から学び知っているため聞く耳を持たず、今日も誰憚ることなく中食を楽しんでいた。

「一汗かいた後の獣肉は、格別だの」

白い歯を見せながら、義光はたっぷりと注《つ》がせた兎《うさぎ》のたたき汁を堪能《たんのう》する。

山兎を肉と骨に分け、別々に細かくたたいて丸めた団子を白菜にごぼう、葱《ねぎ》などの根菜《こんさい》と一緒に煮込み、醬油《しょうゆ》で味付けした煮込み汁は、この地方の名物料理。

主食の飯は雑穀に砕け米《まい》がほんのわずか混じっている、庶民の食事と変わらぬものだった。米など欲すればいつでも手に入るが、義光は常日頃はもとより祝いの膳《ぜん》でさえ、取り立てて白い飯を食べたいとは思わなかった。

そんな義光に言わせれば日に五合、大盛り十杯もの白い飯を飽食《ほうしょく》する西国の大名たちの暮らしぶりは、愚行《ぐこう》以外の何物でもない。

「もう、よいぞ」

軽く盛った飯を二杯で済ませ、義光は膳を下げさせた。

泥鰌《どじょう》や川蟹《かわがに》、そして兎と、季節ごとの自然の恵みをたたき料理で味わい、雑穀を腹八分目に食べることさえできれば十分である。こうして摂生に努《つと》めながら体を鍛えておけば、日に日に包囲網を狭めつつある、敵対勢力にゆめゆめ後《おく》れを取りはしない。

義光は、そう考えていた。

最上家と敵対する者の中でも手強《てごわ》いのは、天童《てんどう》家と伊達《だて》家。

義光の居城である山形《やまがた》城の北面《ほくめん》には天童家が、南の米沢《よねざわ》には伊達家がそれぞれ拠点《きょてん》を構えている。

強大な軍事力を誇る伊達家は、とりわけ脅威の存在であった。南蛮渡来の火縄銃を備える親衛隊の不断衆《ふだんしゅう》を筆頭に、直属の精兵は数多い。いざ合戦となれば、最上勢に少なからぬ犠牲が生じるのは必定だった。

むろん、義光にも抜かりは無い。家臣たちに弓馬《きゅうば》刀槍《とうそう》の術を培わせるだけで敵対勢力を首尾よく制することができると考えるほど、彼は軽率な将ではなかった。

「お館様《やかたさま》」

小姓が一人、部屋に入ってきた。

稽古の折りに助左と呼ばれていた、細面の若者である。

名は田村助左衛門《たむらすけざえもん》。朋輩の戸部三郎左衛門《とべさぶろうざえもん》ともども、義光の傍《そば》近くに仕える身だ。

捧げ持った手紙を、助左衛門は左手で恭《うやうや》しく差し出した。

「お義《よし》からか?」

「はい。米沢よりただいま使者が参りました」

「労《ねぎら》ってやれ」

助左衛門が去ると、義光は脇息《きようそく》から身を起こした。作法通りに奉書紙《ほうしよがみ》を二つ折りにした折紙《おりがみ》を開くと、水茎《みずぐき》の跡も鮮やかな文《ふみ》が現れた。

「相変わらず、要領を得た文面だのう」

満足そうに微笑みながら、義光は手紙を読み始めた。

送り主は伊達家の現当主である輝宗《てるむね》に輿入《こしい》れさせた、妹の義姫《よしひめ》。

当年二十六歳になる義姫は文武に秀《ひい》でた女傑《じよけつ》で、殊《こと》に得意な薙刀《なぎなた》は兄の義光にさえ容易には打ち込ませない技の冴えを見せる。それでいて匂うような美貌《びぼう》の持ち主なのだから、輝宗が正室に望んだのも当然だろう。六年前に第一子の梵天丸《ぼんてんまる》を産んでからも夫婦仲は変わることなく、睦《むつ》まじいという。

「ふっ、寝屋《ねや》の秘め事まで書いてこずに良いものを……」

時折苦笑を浮かべつつ、義光は妹の文を読み終えた。

何げない近況の報告に絡め、お義はいつも伊達家の内情を知らせてくれる。もちろん、敬愛する兄以外には伏せてのことだった。

「獅子《しし》身中《しんちゅう》の虫にご用心くだされ……か」

火鉢《ひばち》に投じた手紙が燃えていくのを眺めながら、義光はひとりごちた。

政略婚で嫁がせた義姫が輝宗の心を捕らえて離さぬ限り、伊達家に関しては当面の心配は無い。しかし、天童家との武力衝突は避けられないだろう。

(やはり手駒《てごま》が要《い》るな。それも、早急に)

燃える炎が、義光の精悍な相貌を照らす。迷いの無い顔だった。

信頼する小姓たちに剣の天分があることは、もとより承知していた。しかし、まだ一人前と呼べる段階には程遠い。

義光が初めて人を斬ったのは十六のときである。小姓の二人は今年十七歳になるが、自分と等しい力量を発揮せよと望むのは、酷《こく》というものだ。

一命を捨てて主君を守り、必要とあらば刺客《しかく》の任をも辞さないのが側近くに仕える者の使命だが、三郎左も助左も、まだ若すぎる。

それに、天童家が相手では太刀先も鈍るはず。

いずれ一戦交えることになるであろう天童家と最上家は縁戚《えんせき》の間柄。しかも敵方の黒幕と義光は、実の親子なのだ。

元を糺《ただ》せば、天童頼貞《よりさだ》と嗣子《しし》頼澄《よりずみ》は最上家の先代当主、つまり、義光の父である義《よし》守《もり》の支配を受ける身だった。昔も今も、表向きは変わることなく、隠居した義守の言葉を主命として奉じる立場を取っている。

そして、義守は血を分けた息子の義光を、憎悪して止《や》まない。

溺愛《できあい》する四男の義時《よしとき》――家督《かとく》争いに敗れ、義守が最上家に養子入りする以前の中野《なかの》姓を名乗らせざるを得なかった末っ子を、当主の座に据えたいからである。

戦国の乱世に在っては実の親子が対立し、互いに命を狙うのも珍しくはない。

(いよいよとなれば是非もあるまい。どうあっても諦めがつかぬとあれば、こちらも修羅《しゅら》となりて相対《あいたい》するのみぞ……)

庭に出た義光は、空を見上げた。

山形城は平城《ひらじろ》である。いずれ石垣と櫓《やぐら》に手を入れて、望ましい姿に造り替えようと考えないでもなかったが、今の義光に修築を推し進めさせる余裕は無かった。財力も足りないが、未だ出羽一国を満足に治め切れぬ身で分不相応の居城を構えるのは、時期尚早《しょうそう》と感じていたからだ。

天守の無い本丸から出羽三山、そして蔵王山《ざおう》を一望することはできない。たとえ見えたとしても、苦い記憶しか残っていない蔵王山に目を向ける気にはなれなかった。

十二年前、永禄四年（一五六一）のことである。

父子で蔵王の高湯《たかゆ》へ湯治《とうじ》に出た折、当時十六歳の義光は、山道で襲いかかってきた賊《ぞく》を斬って捨てた。あれが初めての人斬りだった。

面体《めんてい》を布で覆い隠し、革衣《かわごろも》を着込んで山賊《さんぞく》に身をやつしていたが、太刀の捌《さば》きからすぐに武士だと分かった。

激しく打ち合った末、義光に首根を割られて息絶えた賊の亡骸《なきがら》を、仲間と思《おぼ》しき者たちが引きずって逃げ去ったのも、正体の露見《ろけん》を恐れたからに他ならない。

その翌年、義光は廻国修行《かいこくしゅぎょう》に旅立っている。最上家に絶望したが故の行動だった。

父の義守が末弟の義時ばかり溺愛し、嫡男《ちゃくなん》である義光の存在を疎《うと》んじていたのは以前から薄々気づいていた。

しかし、まさかわが子に刺客を差し向けてこようとは——。

賊の正体は、最上家の小姓で唯一、義光に匹敵する技量を持つ若者であった。

共に腕を磨いた剣友と承知の上で斬ったのは、何とか父を諫《いさ》めたいと願えばこそ。

いじましい後継者争いになど固執《こしつ》せず目の前の現実を直視し、四面楚歌《しめんそか》に等しい最上家の窮状《きゆうじよう》を救うことに、共に力を傾けて欲しい。

目を覚ましてもらわねば、刺客の任を強いられた末に敗死した家臣も浮かばれまい。

だが、義守の頑《かたくな》な態度は変わらなかった。

自分から湯治に誘って暗殺を目論んでおきながら、いざ事を起こして仕損じると白々しい芝居を打ち、凶事《きようじ》に遭遇したのはうぬに隙があったからだと、急を聞いて城から駆け付けた家臣たちの前で義光を面罵《めんば》することさえ、してのけたのだ。

どうようもない父であったが、その威光は最上の家中においては絶対。

義光を支持する者は容赦せず、粛清に及びかねない。

このままでは忠義《ちゆうぎ》の家臣たちはもとより、伊達家に在《あ》って義光びいきのお義も無事では居られまい——。

自分が山形城に身を置いていれば、皆が不幸になるばかり。

そう思い定めたからこそ、若い義光は武者修行の旅に出たのだ。

すべてを時の流れに委《ゆだ》ねて耐え、哀れな父が改心してくれるのを待とうと決意したのであった。

望み得るならば恵まれた立場を自ら捨てて、兵法者として一家を成せれば幸いとも考えていた。

しかし、義光に勝手気ままな振る舞いは許されなかった。数年を待たずして国許に呼び戻され、この春に最上家十一代当主に据えられたのである。

有能者が多く労するのは、いつの時代も変わらない。

最上家には聡明《そうめい》で、かつ豪胆《ごうたん》な主君が必要だった。

この一族の系譜は、室町《むろまち》時代初期にさかのぼる。

足利《あしかが》氏に連なる斯波家兼《しばいえかね》の二男で、朝廷から出羽按察使《あぜちし》に任ぜられた斯波兼頼《かねより》を祖とする最上家ではあるが、単に名門というだけのことで一国の宰領《さいりよう》として君臨《くんりん》できるほど下剋上《げこくじよう》の世は甘くない。現に、四代から九代に至るまで一族の分裂を繰り返し、領内で地侍の反乱を抑え込むのに汲々《きゆうきゆう》とした事実が、最上家の不安定な立場を証明していた。

過去に最大の危機を迎えたのが、永正《えいしよう》十一年（一五一四）に勃発《ぼつぱつ》した、伊達家の村山郡に対する軍事介入。伊達勢の猛攻に太刀打ちできず、千余名の兵を失った九代当主の義定《よしさだ》が翌年に和議を結んだことが、強大な伊達家に屈した最上家に対する地侍の不信を増大させ、内部抗争が激化したのは言うまでもないだろう。

父の義守が二歳で最上家十代当主を継いだのは、永正十七年（一五二〇）に義定が没した後のことだった。

過去に最上家当主の側室の子が分家して立てた一門、すなわち庶流《しょりゅう》の二男だった義守が本家の家督《かとく》を継承できたのは、義定と正室との間に子が無かったからである。

僥倖《ぎょうこう》とも言うべき折を得て、最上家当主の座に就いた義守だったが、ついに自らの手で磐石《ばんじゃく》の領国体制を確立するには至らなかった。

義守は状況に応じて兵を挙げる判断力に乏しく、総大将として戦場《いくさば》に出た経験が少ない。せいぜい永禄三年（一五六〇）三月、天童と隣接する寒河江《さがえ》城主の大川兼広《おおかわかねひろ》を攻めたのが目立つ程度のものである。むろん、芳しい《かんば》成果を上げるまでには至っていない。

先代以来の伊達家との関係も好転するどころか、天文《てんぶん》十一年（一五四二）から六年間に亘《わた》って繰り広げられた伊達家中の内紛、世に言う伊達氏天文の乱では伊達輝宗と敵対し、結果として十六代当主となった輝宗の不興《ふきょう》を買っている。

そんな義守が次期当主に選んだ義時に、期待しろと言うほうが無理であろう。

嫡男の義光が存命中に、しかも八歳年下の童に過ぎない義時に最上家の将来を託すと馬鹿げた命令を発されて、主家の将来を憂《うれ》う家臣たちが首肯《しゅこう》するはずもない。

二男と三男を出家させてまで、溺愛する末子を後継者に据えようと目論んだ義守の悲願は、脆《もろ》くも崩れ去った。

(これでよいのだ。俺が父上と弟を許して身を引いておれば、間違いのう最上の家は潰《つい》え去り、要らざる辛苦《しんく》を臣民に強いておったであろうよ……)

武者修行先から呼び戻され、一族の合議でいずれ次期当主に迎えられると決まった時、義光は腹を括《くく》ったものである。

親兄弟のためではなく家臣たち、ひいては自領の民を守るために限りある命を全うしよう、と。

実の父といえども、命をくれてやるわけにはいかない。

なまじの刺客ならば返り討ちにする自信はあったが、今、自分が落命すれば最上家に将来は無い。

当主の座に就いた瞬間から、義光の命は一個人のものではなくなったのだ。

(俺は、まだ死ねぬ)

兵法者として世に出る夢をあきらめた今も剣術の稽古に余念が無いのは、一地方の大名ながらも人の上に立つ身の自覚を持っていればこそ。

真に優れた将とは自身の佩刀《はいとう》を決して抜かず、家士の刀槍を以《もっ》て、己が守りに活用し得る者を指す。故に、いざ刺客と対峙した時に何の手向かいもできぬ有り様《ありさま》では、いつも命懸けで戦ってくれる家臣たちに示しがつくまい。だから、日々の鍛錬を怠らぬのだ。

とはいえ、武者修行の旅先で真剣勝負を挑んで歩いた十代の頃とは立場が違う。腕にはもとより自信があるだけに、義光は護衛を頼りにしない。

今までは無事に済んできたが、より強力な刺客が送り込まれてきた時のことを考えれば、やはり手駒が必要だった。

義光はこの地を治める身。

男としては自力で戦い抜きたいところだが、みだりにわが身を危険に晒してはなるまい。

(せめて一人、儂よりも腕の立つ者がいてくれればのう……)

義光が慨嘆《がいたん》した、その時であった。

「殿ー!」

駆けつけてきたのは田村助左衛門。優美な細面《ほそおもて》が上気している。

「何事か」

「城下にて、は……林崎重信を見たとの報が、入りましたっ」

「……真実《まこと》か」

「はっ」

問い質《ただ》す義光の表情は、常と変わらない。

しかし、助左衛門は、義光の片頰がわずかに緩んだのを見逃さなかった。

いつも謹厳な主君が破顔《はがん》したのも、無理はない。

林崎甚助重信は、この地で伝説の兵法者。

義光と縁戚に当たる、楯岡城主の最上因幡守満英にかつて仕えた浅野数馬の遺児で、自らの編み出した居合術で父の仇を見事に討ち果たした男である。

あの長《ちょう》剣《けん》抜刀の遣い手が、十一年ぶりに戻ってきたのだ。

「馬だ、馬を引けいっ」

「御門の前で、すでに三郎左がお待ちしておりまする」

喜びを隠し切れない主君に、助左衛門もまた、笑顔で答えるのだった。

三

重信と新之助は、黙々と羽州《うしゅう》街道を歩いていた。

最上と山形の間には、奈良の昔から陸路が通じている。

大宝律令《たいほうりつりょう》で定められた駅制の名残《なご》りをとどめる大中小の路《みち》は、この地一帯に群雄割拠する領主たちによって勝手に分断されているに等しい。

中路《ちゅうろ》に属する、この羽州街道も例外ではなかった。

最上家の勢力圏を抜け、伊達家が支配する米沢に入るには、警備の厳しい街道を避けて山伝いの裏道を行かなくてはならない。

陽の高い今はのんびりした道中でも、夜は強行軍になるのは必定だった。

となれば、新之助がこう言い出したのも無理はあるまい。

「ねぇ先生。山越えは明日にして、今夜は温泉宿にでも逗留《とうりゅう》しませんか?」

師匠の体を思い遣《や》る気持ちが半分、久しぶりにゆっくりと湯につかり、酒食に興《きょう》じたい気持ちが半分であったのは、言うまでもない。

しかし、重信の答えは無かった。

小柄な体軀に疲れの色を見せることなく、先に立って歩を進めていくばかりだ。

（たまらんな）

後を追いながら、新之助は心の中でぼやいた。もともと口の重い師であるが、昨夜からずっと、だんまりを決め込まれてしまっていては耐え難い。

しかし、新之助は、愚かにも気づいていなかった。

弟子の窮地を救えずに、未知の強敵に情けをかけられたのを、重信が心から恥じていることに――。

背後から馬蹄《ばてい》の響きが聞こえてきたのは、半刻（約一時間）も歩いた頃だった。

「先生……」

ちらりと振り返った重信は、新之助に目くばせする。

師弟は、街道脇の草むらに身を潜めた。

迫ってくるのは、三騎。

先頭を駆けてくるのは精悍な面構《つらがま》えの、三十歳前後と思《おぼ》しき武士だった。後に続くのは十七、八歳ぐらいの若武者が二騎。近隣の武将がお忍びで、小姓たちを連れて遠乗りに出たといった様子である。

先頭の一騎にまたがった武将の顔が見えたとたん、重信の表情が一変した。

馬上の武士は、追っ手ではなかった。それどころか、林崎、いや浅野家にとっては主筋に当たる人物であった。

「先生？」

怪訝《けげん》そうな声を上げる新之助に構わず、街道に戻った重信は路傍に跪《ひざまず》いた。

馬が止まった。

「久しいの」

精悍な武士が、白い歯を見せた。

「ご無沙汰を致しております」

常日頃よりも一層、生真面目な面持ちで重信は平伏する。

新之助はと見れば、訳が分からずに突っ立っている。

そこに、小姓の二人組が到着した。

棒立ちの新之助に向かって、口々に叫び立てる。

「無礼者、控えいっ」

「最上の殿の御前であるぞ！」

あわてて、新之助は地に膝《ひざ》を突く。

重信の亡き父が、最上家に連なる楯岡城主の家臣だったことは、きのう立ち寄った林崎明神の祠官から聞いている。

それにしても、本家の殿様が何の用で、わざわざ馬を飛ばしてきたのであろうか。

「面《おもて》を上げよ」

鞍《くら》にまたがったまま、最上義光は言った。

(偉そうに)

馬から降りようともしないのに、新之助はむっとした。

一国の大守といえども、所用で目下《めした》の者に声をかけるときには下馬するものだ。

だが、当の重信に立腹した様子は微塵《みじん》も無かった。郷里の地に二百年来、君臨《くんりん》してきた最上家の現当主が、すぐ眼の前にいるのである。たとえ相手がどう振る舞おうが、礼を尽くすのは自然なことだった。

「家督をお継ぎになられた由《よし》、御目出度《おめでた》き儀《ぎ》に存じまする」

「うむ」

慇懃《いんぎん》な態度で平伏する重信に、義光は鷹揚《おうよう》にうなずいた。

挨拶が済んだところで、まずは小姓の田村助左衛門が切り出した。

「林崎氏《うじ》、そこもとに殿よりご用向きの件がござる」

「拝聴いたしまする」

　義光に一礼すると、助左衛門は脇に控えた。こちらも、馬に乗ったままである。

　小姓たちを両脇に従えて、義光は再び口を開いた。

「おぬし、出奔《しゅっぽん》してから幾年《いくとせ》になるか」

「ちょうど十一年にございまする」

「早いな。お互いに歳をとるわけだ」

「鹿島《かしま》の地にて、ご一緒して以来でしょうか」

「塚原先生のご存命中に教えを乞《こ》うことができたのは、儂とおぬしのいずれにとっても僥倖だったな。残念ながら、儂は力及ばず『一《ひとつ》の太刀』を授かる域にまでは達しなかったがな」

「ご謙遜《けんそん》を……」

「本心だ。おぬしほどの兵法者が我が領内から出たこと、誇りに思わぬ日は無い」

「恐悦至極《きょうえつしごく》に存じまする」

いま一度、重信は深々と頭を下げる。

その機を逃さず、義光は言った。

「そこで、おぬしに頼みたい」

「は」

「儂に仕えぬか。むろん、最上本家の家臣としてな」

「……………」

「武術師範《しはん》、いや、護衛として、おぬしの腕を買いたい」

義光は、ついに本音を切り出した。

断られるとは、夢にも思っていないのだろう。平然と馬上で答えを待っている。

しかし、重信の口を突いて出たのは、義光の意に反する言葉であった。

「主家は二度と持たぬ。そう、心に決めており申す」

あわてたのは、小姓の二人組だけではなかった。

「先生、いいんですかい」

横に跪いていた新之助までが、心配そうにささやきかける。

だが、重信の表情に変化は無い。

「ご用向きは、それだけでございますか」

立ち上がった重信は、馬上の義光に遠慮のない視線を向けた。先ほどまでとは態度が一変している。

礼を尽くすことと、服従するのは別問題。

そう割り切っている重信だからこそ、可能な振る舞いだった。

納まらないのは、義光である。

「重信！　儂は因幡守……そなたの父が仕えた家の、宗家であるぞっ」

威厳を振りかざす最上家の若き当主に、重信は毅然と返答した。

「恐れながら、それは違っておりまする。父はともかく、私自身は因幡守様にお仕えしたことはございません。畏《おそ》れながら最上家にも、遠慮は無用と覚えておいていただきたい」

それだけ告げると、重信は義光主従に背を向けた。

当惑した様子の新之助を促し、振り返ることなく歩き去って行く。

義光は、黙って見送る以外に無かった。

「何だあやつは！　所詮は口だけの輩《やから》ということか!!」

「無礼極まる！　とんだ似非《えせ》兵法者め!!」

小姓たちは口々に、重信を非難して止まない。

その時、街道脇の木陰から声がした。

「大きな魚を逃されましたな、殿」

無遠慮な物言いをしながら現れたのは、二十歳をわずかに出たばかりと思《おぼ》しき旅姿の武士だった。義光と重信のやり取りを、盗み聞いていたらしい。

「いかにご領内の出とはいえ、今の林崎は流浪の身。いきなり古めかしい権威を嵩《かさ》に着せられてしもうては、成る話も成らぬのは当たり前でござりましょう」

ここまでずけずけと言われて、小姓たちが黙っているはずもない。

「無礼者！」

馬から飛び下りると同時に抜刀したのは、戸部三郎左衛門。朋輩の田村助左衛門が細身で秀麗《しゅうれい》な造作なのに対し、三郎左衛門は筋骨《きんこつ》逞しい体軀の持ち主である。

小袖と胴服を着けていても、肩の盛り上がりがはっきりと分かる。

抜いた差料は二尺二寸（約六六センチ）の打刀ながら、古《いにしえ》の太刀を思わせる、幅広で肉の厚い剛刀だった。

刀身にくっきりと浮かぶ、杉の木立のような刃文《はもん》が昼下がりの陽光を受けて輝く。

「これはこれは、孫六《まごろく》の三本杉《さんぼんすぎ》ですな」

余裕の笑みを見せる武士は、まだ刀を抜いていない。

「さすがに最上のご家中ともなると、小姓衆も良い刀を差しておいでだ」

「小癪《こしゃく》な。そこに直れいっ」

三郎左衛門は一歩踏み込み、柄に左手を添えた。むやみに突進せず、中段に構えて敵の出方を探る。若年《じゃくねん》とはいえ、十分に稽古を積んでいればこその動きであった。

間合いを詰めるのを許しながら、武士はまだ、刀の講釈を続けている。

「三代疋定《ひきさだ》の作とお見受けいたす」

「それがどうした？」

「派手派手しいばかりの昨今の三本杉、いかにも世俗《せぞく》受けを狙った刃文とは思わぬか」

「おぬし、何が言いたい」

「あたら大枚をはたいて賄《まかな》うには及ばぬ代物《しろもの》。そう申しておるのでござるよ」

「何っ」

自慢の愛刀をけなされ、三郎左衛門は我を忘れて斬りかかった。

気合いもろとも、真っ向から斬り下げようとした刃が、大きく弧を描きかけた瞬間であった。

「遅いぞ」

つぶやいた武士の足元に、すでに三郎左衛門は崩れ落ちていた。

殺到してきた剛力自慢の小姓に対し、武士は刀を抜き放つまでもなく、柄の当て身だけで悶絶させたのである。

「貴様！」

残った助左衛門は、気丈にも一喝《いっかつ》した。

しかし、構えた刀がかすかに震えているのを義光は見逃さない。

むろん、目の前の武士に、それが分からぬはずがなかった。

助左衛門の優美な顔は、真っ青になっていた。

「下がっておれ」

馬から下りると、義光は武士の正面に立つ。いつでも鞘走らせることができるように鯉口を切っていたのは、言うまでもない。

手向かいするとあらば、自ら成敗《せいばい》する腹積もりだった。

しかし、当の武士からは、敵意めいたものがまるで感じられない。

「お主、かなりの業前《わざまえ》だな」

義光は武士の顔を正面から見据えて言った。

「その若衆こそ、なかなかの逸材《いつざい》とお見受けいたしまする」

一転した恭しい口調で答えると、武士は足元の三郎左衛門を見下ろした。

「ただ、筋骨がいささか硬《かと》うございますな」

「どういうことじゃ？」

思わず興味津々《しんしん》といった体《てい》で、義光は問いかけた。

「剣術は、角力《すもう》とは違います。力士ばりに体を作り上げれば、太刀ゆきも鋭くなると考えるのは、恐れながら素人《しろうと》というもの。なまじ腕っぷしに自信がある者ほど力任せに刀を振るいますからな。拙者《せっしゃ》は、その隙を突いたまでのことにござる」

「なるほど」

感心した様子でうなずく義光の脇で、助左衛門も武士の言葉に聞き入っている。

気を失った三郎左衛門の佩刀を鞘に戻し、肩を支えて立ち上がらせながら、武士は助左衛門に告げた。

「要は物打《ものうち》をより速《はよ》う、確実に打ち込むために手の内《うち》を培うことだ。しかるべく稽古さえ積めば、おぬしの如く体の柔らかき者のほうが、上達は早かろうぞ」

「本当ですか?」

我知らず口調を改め、助左衛門は言った。

「真実《まこと》じゃ」

武士は馬に歩み寄り、三郎左衛門を預けながら答える。

にっこりと笑みを投げかけられ、助左衛門も思わず微笑み返す。

人の心に忍び込む不思議な魅力が、この男にはある。

どうやら、義光も同じことを感じたらしい。

「その方、名を何と申す」

「坂上千之丞と申しまする。以後、ご昵懇《じっこん》に」

居住まいを正した武士は、慇懃に答るのだった。


その頃、重信と新之助は山道を苦労しながら歩いていた。

行く手に見える山の端が紅く染まりつつある。

もうすぐ陽が沈む。

(今夜も冷えるな……)

新之助はまた、心の中でぼやいていた。

雪解けしたとはいえ、春の訪れにはまだ間がある。

熊は出ないと聞いていたが、月明かりだけを頼りに山越えするのは、ぞっとしない。

新之助は、思わず重信に向かって話しかけていた。

「先生、最上の殿様はお父上の主筋に当たるお方なんでございましょう？　二つ返事でお仕えしてもよろしかったんじゃ……」

「黙って歩け。うぬの知ったことではないわ」

背中を向けたまま一喝し、重信は歩みを進めて行く。

新之助の顔が絶望に歪《ゆが》んだことに、重信は気づかなかった。

黙々と、師弟は先を急いだ。

しかし、十里（約四〇キロメートル）はある山道を容易《たやす》く踏破《とうは》できるはずがない。

夜旅を強行すれば、凍え死ぬのは目に見えていた。

仕方なく、二人は無人の樵《きこり》小屋に潜り込んで夜を明かした。

昨夜と同様に湯だけ沸かして腹に納め、互いに背中を向けて眠りに落ちる。

終始無言だったのは、言うまでもない。

行き違いの積み重ねが、師弟の距離を、確実に広げつつあった。

四

翌日。伊達の監視兵に見咎《みとが》められることなく、二人は米沢に入った。

同じ出羽国内でも、重信が生まれ育った最上の地に比べると、南に位置する米沢の気候は温暖である。

庭田植をするのは同じ小正月でも、稲代を鍬《くわ》で掻き起こし、肥《こやし》を入れる時期は早い。

山合いの田地では、村の男たちが額《ひたい》に汗して、野良《のら》仕事に励んでいた。

畑から一人の男が手を振っている。

黙念《もくねん》と歩き続ける師弟に、懐かしそうに呼びかける者がいた。

「師匠！　林崎の師匠でねが」

驚くほど大柄な男だった。六尺（約一八〇センチ）にわずかに足りないだけの新之助と比べても、完全に頭ひとつ高い。重信が並べば大人と子ども、それも五つ六つの童にしか見えないほどの威容《いよう》を誇る、髭《ひげ》もじゃの巨漢《きよかん》であった。

岩を打ち砕いて作った石器を思わせる面体《めんてい》だが、両の黒い瞳は、柔和な笑みをたたえている。最初に受けた印象を掻き消して余りある、優しい表情だった。

野良仕事を中断して駆け寄ってきた大男に、重信は白い歯を見せた。

「息災《そくさい》だったか、鬼松《おにまつ》」

心から嬉しそうに、重信は言った。

「そくさい、そくさい」

生真面目な口調を真似《まね》て答えると、鬼松と呼ばれた大男は豪快に笑うのだった。

昨夜から飯抜きと聞かされた鬼松は、惜しげもなく二人に弁当を差し出した。

「えっぱい（いっぱい）あるさけ、じきなのさねたて（遠慮しなくて）ええ」

ちょうど休憩《きゅうけい》したかったところだからと断り、畔道《あぜみち》に並んで腰を下ろした鬼松は、喉を鳴らして竹筒の水を飲む。

「済まぬな」

「それじゃ、遠慮なく」

重信と新之助の二人に手渡された藁苞《わらづと》の中身は団子だった。粟《あわ》と黍《きび》に、わずかな屑米を混ぜた団子は、東北の民の常食である雑炊《ぞうすい》と、同じ材料で作られる。

「懐かしい味だな」

目を細める重信の隣で、新之助は淡々と口を動かしている。

最初は美味《うま》そうに見えたが、いざ口にしてみると、ここまで空腹でなければ喉を通りそうにない味だった。

二つめの団子を食べ終えた重信は、さりげなく藁苞を鬼松に返して寄こした。

「水っ腹では、満足に働けぬぞ」

「おしょーしな（ありがとう）」

悪びれることなく感謝の意を述べると、鬼松は残った団子をかじり始めた。

(よく食えるもんだな、あんなに美味そうに)

呆れた顔で、新之助はようやく一つめの団子を嚥下《えんか》した。勧められても、お代わりをする気はなかった。

（それにしても……）

この大男はなぜ、重信を師匠と呼ぶのだろう。

新之助は、重信の過去を知らない。

もちろん、自分が弟子入りする前に、幾人かの門弟を取っていたとしてもおかしくはあるまい。自流派を創始して郷里を去り、廻国修行の旅に出て十年余を経た一流の兵法者が、一人の弟子も持っていないほうが不自然である。

しかし、なぜ、この男が重信の弟子なのか。

立場としては、新之助よりも先に入門した、兄弟子《あにでし》ということになる。相応の修行者であれば、素直に認めもしよう。だが、どう見ても剣術よりは角力《すもう》のほうが向いていそうな鬼松が、精緻《せいち》この上もない居合の技を伝授するのにふさわしい者だとは思えなかった。

そんな新之助の煩悶《はんもん》をよそに、重信と鬼松は親しげに語り合っていた。

「十年前も、ちょうどこの辺りであったな」

「ちょうど、刈入れさ済んだ頃だったなぁ……」

聞くともなしに耳を傾けているうちに、二人の出会いはすぐに知れた。

若き日の重信は鹿島を訪れる以前、米沢に滞在していた時期があったのだ。

重信が二十二歳、鬼松が十六歳のときである。

当時の鬼松は、近在の嫌われ者だった。

子どものくせに濁酒《どぶろく》の味を覚え、悪ふざけをして回るばかりで、野良仕事などやったこともない穀潰《ごくつぶ》しであった。

村人が誰も逆らえなかった理由は、人並み外れた体格と剛力の持ち主だからというだけではない。

合戦の陣触《じんぶれ》があるたびに、鬼松は一人で五人ぶんの働きをやってのけたからだ。

武将が自領の農民を徴用《ちょうよう》するのは、夫丸《ぶまる》と称する軍需物資の運搬人、いま一つは、戦闘に従事させる足軽《あしがる》としてである。

夫丸であれ、足軽であれ、鬼松にさえ出陣してもらえば、村の若者たちが危険に晒されずに済む。日頃は何もせずに遊び暮していても、誰も文句をつけられぬのは当然だった。皆が当然と思うことで、あきらめをつけていた。

だが、郷里から出奔し、流浪の身になったばかりの重信の目には、鬼松は慮外者《りょがいもの》としか映らなかった。

通りかかった重信に道を譲れと凄《すご》んだ瞬間、鬼松は小川に叩き込まれていた。

「三十、いや、四十だったかなぁ」

苦笑しながら鬼松がつぶやいたのは、その折に投げられた数。這《は》い上がっては投げ飛ばされ、川に落ちては這い上がる。根比べにも似た勝負の末、ずぶ濡れになった鬼松は泣いて詫《わ》びを入れ、ようやく重信に許してもらったという。自分は村の社《やしろ》で仮寝をさせてもらう。逃げも隠れもしないから、意趣《いしゅ》返しを望むのならば訪ねてこいと言い置いて重信は去り、鬼松は半死半生の体《てい》で逃げ帰った。

「帰りも、すなめって（すべって）転びそうになっただよ」

翌日、村の者に所在を確かめた重信が訪ねていくと、鬼松は生まれて初めて風邪をひき、床《とこ》から起き上がることさえできない有り様《ありさま》だった。

三尺余の大太刀をたばさんだ、見慣れない兵法者が現れたのを見て、村人たちは鬼松が無礼討ちにされると思い込んだらしい。

鬼松は幼い妹と二人暮らしで、極道《ごくどう》をしていても妹に不自由をさせたことはない。命ばかりは助けてやってくれとさんざんに一同から懇願《こんがん》され、重信は大いに閉口したものであった。

せめてものお詫びにと村人たちから日替わりで宿を提供されて、鹿島に直行するはずが思わぬ逗留をすることになったのだ。

そんな二人の問わず語りを聞きながら、新之助が面白くなさそうな顔をしているのに、重信も鬼松も気づいていない。

「あれから、治りは早かったな」

早いどころではない。

三日と経《た》たず元通りになった鬼松は、重信に土下座して入門を乞《こ》うたのだ。

自分は長剣抜刀を修行する身。角力は余技《よぎ》に過ぎないのだ、と何度言い聞かせても鬼松は納得せず、ならばその居合を教えてくれとごね出した。

合戦場で手柄を立てて、侍にしてもらうためだと言われたら、重信は即座に断っていただろう。そして、さっさと村を後にしていたに違いない。

農夫の身で剣術を、それも居合を習いたいと鬼松が懇願したのは、兵法者である前に一人の人間として、重信を無二の師と見込んだからに他ならなかった。

重信の手練の妙技を目の当たりにして、その技を会得したいという願望ゆえに押しかけ、弟子になった新之助とは、きっかけがまるで違うのだ。

「その後、稽古は続けておるか」

何げなく問うた重信に、鬼松は黙ってうなずいた。

おもむろに重信は腰を上げ、左腰の大太刀を外す。

続いて立ち上がった鬼松は、帯代わりの荒縄をきっちりと締め直す。

一礼して大太刀を受け取り、野良着の腰に差した刹那《せつな》、鬼松の四肢《しし》が機敏に動いた。

(卍抜け！)

新之助が驚愕したのも、無理はない。自分が見よう見まねで幾度《いくたび》試みてもまるで上手くいかなかった長剣抜刀の妙技を、目の前の大男は、あっさりとやってのけたのだ。

続いて、鬼松は見たこともない動きで大太刀を抜き、斬り、突く動きを披露《ひろう》した。

「師匠、技名《わざな》さ決めたのか？」

「まだ、しっくりしたものが考えつかなくてな……」

「おら、蜻蛉《とんぼ》ておもしゃいんねが（面白いんじゃないか）思うだ。ほら、ここんとこの動きが……」

「どれどれ」

二人がその場で稽古を始めたのを見て、ついに新之助の堪忍袋の緒《お》が切れた。

一命を捨ててまで、坂上千之丞の刃の前に身を晒したのは、何のためか。

重信を、無二の師と仰いでいるからこそであった。

剣の技のみならず、その生きざまも見習うに値《あたい》する男と見込んだからこそだった。

然《しか》るに、重信の体《てい》たらくはどうであろうか。

殊更に、労《ねぎら》って欲しいとは思わぬ。他に何人の弟子がいようが、それは我慢しよう。

だが、自分の窮地に手を差し伸べることもせず、無視したあげくに、刀など無用としか見えない男を相手に剣術談義に花を咲かせるとは、いかなる仕儀《しぎ》か。

完全に未練は無くなっていた。

突然、新之助は立ち上がり、背中を向けて歩き出す。

「新之助、どこへ行く」

重信が驚いた顔をして言った。

「師弟の縁、こちらから切らせていただきますぜ」

それだけ告げると、新之助は後も見ずに走り去る。

有無を言わせぬ口調と態度であった。

「新之助……」

呆然と見送るしかない重信に、鬼松は無邪気に呼びかけた。

「美里《みさと》もめんこい娘さなっただ。会ってやってくだせ」

第三章　香取神道流の奥義

一

鬼松から誘われるがままに、重信は懐かしい村を訪れた。

冬から春先にかけて欠かせない、保存食の凍《し》み大根が軒先に藁《わら》で吊されている光景ひとつ取っても、郷愁《きょうしゅう》の念を覚えずにはいられなかった。

（わずかに三月《みつき》、暮らしたにすぎぬのだがな……）

重信は、我ながら不思議に思った。どうして、武者修行の道中でしばし立ち寄っただけの寒村に、こうも心を惹《ひ》かれるのだろうか。

家々の間口《まぐち》からは、煙が漂い出ている。土間に切った囲炉裏《いろり》の端《はた》で、女たちが夕餉《ゆうげ》の支度をしているのだ。

一日の仕事を終えた農夫たちは三三五五、家路を辿る。雪囲いが取れたばかりの藁《わら》葺《ぶき》小屋と、わずかな内財物《ないざつもつ》以外の私財は、彼らには無い。しかし、いかなる陋屋《ろうおく》であっても共に暮らす家族こそ至上《しじょう》の宝であることは、いつの時代も同じである。

「あれが、今のおらの家だぁ」

鬼松がごつい指で示したのは、五坪《つぼ》ほどの空間に立てた柱の周囲を板で囲っただけの、ごく簡素な造りだった。この直屋《じきや》と呼ばれる掘建《ほったて》小屋は、庶民の住宅一般の建築様式である。

「立派なものだな」

素直に感心する重信に、鬼松は照れた表情を浮かべて見せる。

山間部では竪穴式《たてあなしき》住居に等しい住まいも珍しくない昨今、鬼松が直屋を構えられたのは一家の主《あるじ》として不足の無い働きをしているのと同時に、昔と違って村人たちから敬遠されていない、何よりの証拠であった。

(変わったのだな、鬼松は)

改めて、重信はこの巨漢が更生《こうせい》したことを実感した。

家の前までくると、鬼松は逞しい肩から鍬を下ろした。鉄製の鍬先は川の水でていねいに洗ってあったが、丸太ん棒のような手足にはまだ、泥土がくっついている。

戸口に向かって、鬼松は大声で呼ばわった。

「美里おー！」

「帰っただか、兄さん」

元気な声と同時に、板戸が開く。

出てきたのは、二十歳を過ぎたばかりと思《おぼ》しき女性《にょしょう》。

「泥くっつけでんだろ。今、ふいてけっから……」

裏地のついていない、麻の単衣《ひとえ》が一枚きりの装いだった。戦国乱世で華美《かび》な衣《ころも》などとは縁遠い、京や畿内の娘たち以上に見すぼらしい。

しかし、健康そのものの五体が発散して止まない、豊穣《ほうじょう》な天然の美が溢れている。

町衆の娘よりも格段に逞しい、がっしりした骨格は血を分けた兄と同じく両親から譲り受けたものなのであろう。

肩幅が広いのに、まるで無骨《ぶこつ》な印象を与えられないのは、五尺三寸（約一五九センチ）ばかりの肢体がほどよく肥えた、柔和な線を描いているからだった。

「美里……か？」

「重信さま！」

娘の表情が輝いた。

心を和《なご》ませずにはおかない、愛くるしい笑顔。そして、米沢の城下で買ってやった花柄の単衣を目《ま》の当たりにして、重信は思わず頬をほころばせていた。

二

囲炉裡では、山鳥汁が湯気を立てていた。

山鳥は「山採《やまど》り」に通じることから、里では一番のご馳走《ちそう》とされている。

肉類が贅沢《ぜいたく》なのは都会も同じだが、山暮らしの人々が鳥獣《ちょうじゅう》を食するのは、野山の恵みを我が身に取り込むことで厳しい自然と共存する力を得ると同時に、新たな年の収穫を祈念するために他ならない。単純に美味を求めて飽食するのではなく、感謝の意を込めて、謹《つつし》んで自然のお裾《すそ》分《わ》けを頂《いただ》くのだ。

鬼松が捌《さば》いてくれた山鳥の肉は、脂肪がたっぷりと乗っていた。塩漬けの山菜と一緒に煮込んだ肉を一口食べるたびに、冷えた体が暖まってくる。

体だけではない。重信の心もまた、温《ぬく》もりに満たされていた。

「たくさん召し上がって、くださいな」

お代わりを勧める美里に、重信は微笑みながら言った。

「時が経つのは、早いものだな」

「え？」

「おぬしがこうも大きく、美しくなっておるとは思わなかった」

「そんな……」

頬を赤らめながら、美里は重信の椀《わん》を受け取った。

土間に筵《むしろ》を敷いた囲炉裡端では、一家の主が上座に相当するテイシュザに、主婦が左横のカカザと呼ばれる場所に座るのが習わし。十年前、この直屋とは比べるべくもないあばら屋で寝起きを共にしていた頃から、美里の定位置はカカザと決まっていた。

重信が座っている客座はカカザの正面に当たる。

鳥肉と山菜を盛り上げた椀を差し出しながら、美里はそっと重信に微笑みかけた。

ちろちろと燃える囲炉裡の火に、ふっくらした頬が艶やかに映えて見える。

この上なく、親しみに満ちた笑顔であった。

十年前、危なっかしい手付きで家事をこなしていた赤い頬の少女は、美しい大人の女に成長していた。

久方ぶりの満腹感を残して、鉄鍋はきれいに空になった。

美里が片付けを始めたのを潮に、鬼松は立ち上がった。庭の便所に行くのかと思いきや、粟俵や乾菜が蓄えてある、小屋の隅にそっと歩いて行く。

椀と箸を一まとめにしながら、美里は素知らぬ顔をしていた。

鬼松が提げてきたのは、大きな徳利《とくり》。

「ええか？」

神妙《しんみょう》にお伺《うかが》いを立てる兄に美里は黙ってうなずき、什器《じゅうき》を運んで行く。

瓶に汲み置きしてある水で洗い物に取りかかったのを確認しつつ、鬼松はにんまりとした。

そんな兄妹の様子を眺めながら、重信は笑いをこらえるのに苦労した。

一家の主といえども、貴重な家内の雑物に無断で手をつけるのは御法度《ごはっと》である。故に家の中のことはすべて主婦の権限に従わねばならないが、手の付けられない酒呑みだった鬼松がそうしているのを目の当《ま》たりにすると、何ともおかしい。

「師匠」

栓を抜いた徳利が差し出された。先に口をつけろと言うのだ。

宝玉《ほうぎょく》を捧《ささ》げ持つような鬼松の手付きを見て、重信はまた笑うのを堪《こら》えた。

山村では、酒は貴重品である。

一軒ずつ米を出し合い、山小屋に蓄えた大瓶で作られる濁酒は、厳しい労働に従事する村の男たちに欠かせない嗜好品《しこうひん》であると同時に、勝手に盗み呑むことが許されぬ共有財産でもあった。

無頼漢《ぶらいかん》だった当時の鬼松は村の掟《おきて》などお構いなしで、それこそ毎日、浴びるように暴飲していたのであるが——。

(この男は、変わった)

だからこそ、美里も安心して、日々の暮らしを営むことができるのだろう。

彼女がほんの子供だった当時の姿を、重信はよく覚えている。

鬼松に乞われて居合の手ほどきを始めたばかりの頃、美里はまだ九歳の少女だった。

初めは重信になつくことなく、物陰から警戒した視線をじっと向けてくるばかりであったが、かつて誰にも屈さなかった兄が心底から恭順《きょうじゅん》の意を示し、慕《した》っているのを悟ると、彼女も次第に心を開いてくれるようになった。

だからこそ、重信が名残り惜しくも出立しようと別れを告げた時、兄妹は競い合うように大泣きしたのだ。

肉親以外の者に涙を見せられて、不覚にも貰《もら》い泣きしそうになったのは、後にも先にもあの折だけである。

この兄妹と共に暮らした三月《みつき》は、重信自身にとっても貴重な時だった。

最愛の母に先立たれ、空虚な心持ちで故郷を去ったまま鹿島の地に直行していたとしても、塚原卜伝の目に叶ったかどうかは分からない。

この米沢の寒村で最初の弟子を取り、拙《つたな》いながらも他者を教えて功徳《くどく》を積んだからこそ、剣聖と呼ばれた卜伝から重信自身も教示を受けることができたのではあるまいか。

つまりは鬼松のおかげで、林崎甚助重信の今が在ると言っても過言ではない。

(恩返しをいたさねばなるまい)

重信は今こそ、そう思っていた。

「師匠?」

物思いに耽《ふけ》る重信を、鬼松が不思議そうに見やる。

「ああ、すまんな」

あわてて一口、濁酒を含もうとすると、白い手が徳利をひったくった。

「兄さ! 重信さまに失礼だぞ」

持ってきた茶碗を囲炉裡端に置くと、一転して華やいだ口調で美里は言った。

むろん、相手は鬼松ではない。

「どうぞ……」

もうひとつ持ってきた、縁が欠けていない茶碗を重信に握らせ、しおらしい様子で徳利を傾ける。

その時、重信は思いがけないものを見た。

恭しく酌をする美里の胸元は、布地が弾けんばかりに張りつめていた。ふっくらとした白い胸が、今にもこぼれ落ちそうになっている。

十年も着た切り雀《すずめ》とあれば、着物が体に合っていないのも無理はなかった。

平安の昔から苧麻布《ちょまぬの》の産地として名高い、越後国《えちごのくに》に近い土地柄といえども、十代を同じ衣装で過ごす女性の身なりは、他の地方と変わらない。

麻の衣服は保温性に乏しい。だから、冬場は古い単衣を何枚も重ねて耐え忍ぶより他に無かった。故人《こじん》の着衣を大切に保管する習慣は単に形見というだけでなく、衣服を新調することが難しい、中世の庶民の生活の知恵でもあった。

「西国のお酒よりも、味は落ちるかも知れませんけど……いっぱいありますから、どうぞ召し上がってくださいな」

重信が茶碗に口をつけないのを遠慮と受け取ったのか、美里は明るい口調で言った。

媚態《びたい》ではない、無防備な色気ほど、男の煩悩《ぼんのう》を刺激するものはない。

紅白粉《べにおしろい》で装うことに慣れた都の女たちの目には、まるで化粧っ気の無い東北娘は野《や》暮《ぼ》ったくしか映らぬかも知れない。しかし、それは同性ゆえの嫉妬でもある。抜けるように白い天然の素肌も、日々の労働で荒れていくことは避けられない。他に女手の無い家庭となれば、尚《なお》のことだろう。

だが、今の美里は、この上なく艶《なま》めかしい。

(馬鹿な)

あの痩せっぽちの女の子が、かくも美しく豊満な肢体の持ち主になって、自分の目の前で息づいている。

重信の額を、一筋の汗が伝い流れた。

それは、囲炉裡で燃える火のためだけではなかった。

三

新之助は、米沢の城下にきていた。

懐中には、十分な銭もある。しかし、肝心《かんじん》の散財する場所が見つからない。この辺で我慢しようと手を打った煮売屋《にうりや》で出されたのは濁酒、肴《さかな》は干し鮑《あわび》の味噌和《みそあ》えだった。

ぬるま湯で戻した鮑を刻んで炒め、酒と砂糖、味噌を加えてじっくり煮付けたこの料理は、春の彼岸《ひがん》に出羽の地でよく食される。

生鮮食料が入手できない長い冬の間、蛋白源《たんぱくげん》を乾物や塩漬けだけで過ごす山形の人々にとって、干し鮑の味噌和えは、無事に冬を越すことができた幸運に対する感謝のしるしとも言える一品だった。どこの家庭でも、彼岸には仏前に欠かさず供えるという事実が、この料理への思い入れの程を証明していた。

故《ゆえ》に遠来の客にも、馳走《ちそう》と思って食べてもらわねば困る。

しかし、新之助の示した反応は煮売屋の亭主のみならず、居合わせた客にとっても好ましからざるものだった。

「こいつは革の煮込みかい？」

板張りの床に大あぐらをかき、細長く切った鮑をまずそうに噛《か》みながら、新之助はぼやいた。

郷里の清洲《きよす》で食べ慣れた生の鮑と変わらない、ほろ苦い風味がしているはずだが、席に就くなり二合、三合と濁酒を流し込んだ舌には、その美味が伝わっていなかった。

新之助は、濁酒の酔いが回りやすいことを知らない。

たちまち酩酊《めいてい》したのは仕方ないが、重信と決別した鬱積《うっせき》から、無遠慮につぶやいたのはいただけなかった。

「……ったく、しけた村だな」

隣で濁酒を喰らっていた大柄な人夫が、新之助に鋭い視線を向けた。

亭主に目で制された男が不承不承《ふしょうぶしょう》、顔を前に戻したことにも気づかず、新之助はぼやき続けた。

「女郎屋《じょろうや》一軒、ありゃしねえ」

人夫が、無言で立ち上がった。

新之助に歩み寄りざま、一言告げる。

「おめ、女郎屋さ行くべ」

軽い口調に反して、目は笑っていない。血走った双眸《そうぼう》が、怒りの色に満ちていた。

「何だよ」

新之助のぼやけた視界に、大きな拳が飛び込んできた。

「うわっ」

ぶっ飛ばされた若者の肩口を、そこにいた老人客がすかさず蹴りつける。

「てめーら、何しやがる……」

尻餅をついた新之助の襟首《えりくび》を摑んで立たせ、人夫は繰り返し言った。

「女郎屋行くべや、な？」

郷土の名物料理を罵倒《ばとう》された怒りを乗せて、人夫は拳を振るう。

足元がふらついている新之助に、抗《あらが》う術《すべ》は無かった。

二発、三発と重たい拳を叩き込まれ、端整な顔が見る見る腫《は》れ上がっていく。

周囲の客たちは皆、素知らぬ態度で茶碗を傾ける。一度は止めた店の亭王も、今は知らん顔で庖丁を遣っている。喧嘩《けんか》慣れした常連客の人夫が、内装を壊すほどの無茶はしないのを承知していたからであった。

むろん、不埒《ふらち》な余所者《よそもの》の五体がどうなろうと知ったことではない。

孤立無援の新之助は、殴られ続けた。

(刀……刀は、どこだ)

薄れ行く意識の中、新之助は同田貫を求めて視線を泳がせる。

見ると、人夫仲間らしい男たちが、珍しそうに鞘を払ったところだった。

「がっしりした、ええ造りでねが」

「売っ飛ばせば一月《ひとつき》やそこら、飲み代《しろ》には困らねえだ」

返しやがれ、と言おうとしたが、口の中が切れてしまって声にならない。

「行くべや、な」

変わらぬ憎悪を叩き付けながら、大柄な人夫は弓を引くように拳を構える。渾身《こんしん》の一撃で悶絶《もんぜつ》させてやろうという積もりなのだ。

そこに、不機嫌そうな声が割り込んだ。

「いいかげんにしておけ」

人夫たちが向けた視線の先に立っていたのは、四十絡《がら》みの男だった。

ひょろりと、背が高い。南蛮人《なんばんじん》を思わせる、高い鼻梁《びりょう》の両脇に面皰《にきび》の跡が残ってはいるものの、逆三角形の顔に高貴な雰囲気を漂わせていた。

欠け茶碗を手にしたまま、男は淡々とつぶやいた。

「おぬしらがじゃれ合うたびに、酒に埃が入って閉口しておる。こちらは久々に俗世へ出てきて、一献《いっこん》傾けておるのだ。少しは気を遣え」

男は水干《すいかん》を着けていた。京洛以外で、平素からこのような装いをするのは、神職《しんしょく》の者しかいない。

正体を知っているのか、煮売屋の人々は一斉に押し黙った。

沈黙する一同を尻目に、男は新之助を助け起こした。

「おぬし、剣術遣いか」

「……………」

黙って見返す新之助に、男は無表情で告げた。

「剣をたばさむ身、ましてや人を斬ったことがあるのなら背負うた恨みもあるだろう。陽が沈みし後は早々に宿を取り、ゆめゆめ酒など呑まぬことだ。今宵《こよい》は拳で済んだが、これが白刃であれば命は無かったところぞ」

それだけ告げると、男は埃まじりの茶碗酒を一息に干した。

「返してやれ」

男はおびえた様子の人夫たちから同田貫を奪い取り、手慣れた様子で鞘に納めた。

ふらつく新之助の手に刀を握らせると、踵《きびす》を返す。

「では」

阻《はば》む者は、誰もいない。この時代、飲食店の勘定《かんじょう》は前払いがきまりである。きれいに金を払い、喧嘩騒ぎを仲裁《ちゅうさい》して去って行く男を止める理由など、何も無かった。

しかし、納まらない者がまだ一人残っていた。

「伊達の殿様さ息子が仕えてれば、偉いのか！」

やり場を失った拳を再び振り上げ、大柄な人夫が殺到する。

刹那《せつな》、水干の裾が大きく舞った。

左足を軸にして背後に向き直ると同時に、男が手刀を一閃《いっせん》させる。

ごつい拳が空《くう》を打った次の瞬間、人夫はしたたかに胴を打たれていた。土間に転がった時にはもう、その人夫は白目を剝いていた。

「小十郎《こじゅうろう》のことは、口にするな」

物静かな表情を変えぬまま、男はつぶやく。

「次からは、言葉に気を付けよ」

その場に凍り付いた一同に言い置くと、男は去った。

一部始終を見ていた新之助は、その男の後を追って、あわてて店を飛び出した。

男の歩みは速かった。わざと早足で歩いているのかと思えるほど、一向に距離が縮まらない。それでも、新之助は必死で追いすがった。

（あの御仁《ごじん》には、何かある）

ただの強者《つわもの》というだけではない、何かを教示してもらえるような気がする。

思い違いなのかも知れない。しかし、重信との縁を切ってきた新之助が一縷《いちる》の望みを託すには、十分すぎる魅力を備えた人物であった。

夜の城下町を、そして峠道を、二つの影が往き過ぎて行く。

距離はなかなかに縮まらない。それでも、新之助は、追わずにいられなかった。

四

重信が兄妹の家に腰を落ち着けてから、五日が過ぎた。

挨拶に寄っただけとは薄情だ、ぜひとも長逗留して欲しいと勧める鬼松に、重信が逆らわなかったのには理由がある。

ずっと気にかけていた母の墓参は、無事に済ませた。

この後、自分を待っているのは、武者修行のために諸国を廻る、流浪《るろう》の日々だけだ。

しばしの間、剣に生きる宿命を忘れて休息できるのは有難いし、坂上千之丞と名乗った若い兵法者の目をくらますために、身を潜《ひそ》めることも必要だった。

しかし、どうして畑仕事の手伝いを願い出たのかまでは、鬼松に告げていない。

「ゆるぐねえべ（楽じゃないでしょう）？」

「大丈夫だ。この代《しろ》は拙者《せっしゃ》……いや、俺に任せてくれ」

物心がついた頃から仇討ち一筋、剣術の修業のみに励んで生きてきた重信は、半士《はんし》半農《はんのう》の暮らしを送る出羽の武士には珍しく、農作業の経験が無かった。

大太刀を振るう抜刀の術と鍬の扱いは、似ているようで勝手が違う。幼き日から素振りを朝夕に繰り返して鍛えに鍛え、これ以上は硬くなるまいと思っていた両の掌《てのひら》がたちまち肉刺《まめ》だらけになったのは驚きであると同時に、かつてない喜びの発見でもあった。

重信と鬼松は朝早くから畑に出て、陽が中天に昇るまで鍬を振るう。

疲れが五体に満ちた頃、美里が中食の団子を運んできてくれる。にここにこしながら二人が食べ終えるのを待ち、空の藁苞《わらづと》を提げて帰って行く。

夕餉の膳を囲むときにはまた会えると分かっていても、いつも重信は名残り惜しげに見送らずにはいられなかった。

「師匠」

そんな重信を、鬼松は真面目な口調で掻き口説くのが常だった。

「美里さ嫁こに貰って、村に居着いてくだっせ」

「埒《らち》も無いことを……」

苦笑まじりに答えるたび、重信は思い惑う。

美里の離れ難い魅力に囚《とら》われながらも、そして、畑仕事に日一日と慣れつつあってもまだ、このまま定住する自信が持てないのだ。

妻を娶《めと》るとは一家を構え、家族を養うことである。そのためには、まず正業に就《つ》かなくてはならないが、自分にできるのは修めた剣技の指南のみ。そして重信は剣を教えることが、人間として正しい生計《たつき》の術とは思っていなかった。

剣術は人斬りの業《わざ》である。その剣術で世を渡るのが、兵法者だ。

乱世に在ってはやむなきことだが、殺生は罪深い。

人を殺す技を指南し、自らも斬るのは尚更であろう。

願わくば一日も早く戦国の世が終わり、剣術も兵法者も不要な時代となってほしい。

それが、重信の揺るぎない信念だった。

しかし、今はきれいごとを言ってはいられぬ時代。

仇討ちのためとはいえ己が手を血で汚し、唯一の肉親である母を亡くし、独りで生きていくために、重信は剣を頼りにしてこの乱世を渡ってきた。

この生き方をすぐに変えるのは難しい。

鬼松が戦闘を生業《なりわい》とする立場であれば義兄弟となるのも問題あるまいが、かつては合戦のたびに足軽として出陣するのを好み、村の豪傑だった鬼松も、今では善良な農民として日々の暮らしに勤《いそ》しんでいる。

やはり、自分はこの兄妹と縁を持つべきではなかったのかも知れない。

鬼松に剣を教えてしまったことを、そして、幼き日の面影を知っていながら美里に劣情《れつじょう》を抱いてしまった我が身の浅はかさを、重信は心から悔いた。

しかし当の鬼松は、今でも重信を無二の師匠と仰いでいる。

大事な妹を託すにふさわしい人物とも、見込んでくれている。

なればこそ、掌中《しょうちゅう》の玉にも等しい彼女に因果《いんが》を含めたのだ。


薪割りをしに重信が表に出ている隙に、鬼松は妹を呼び寄せた。

「お前を嫁こさできるのは、林崎の師匠しかいねえ。分かってるだな?」

鬼松が妹の背中を押してやることに決めたのも、今を逃せば機会は無いと判じてのことだった。

「小野川《おのがわ》の温泉さ、行ってこい」

「……………」

戸惑う美里に、無骨な兄は大真面目な口調で告げた。

「おらがひとつん屋根ん下さおったら、ごしゃがれる(叱られる)。水入らずになるがええ」

「やだぁ」

美里は顔を真っ赤にさせてうつむいた。

剣を捨てるべきか否か、生真面目な兵法者を煩悶《はんもん》させて余りある天然の魅力が、この娘には満ち満ちていた。

「可愛《かわい》がってもらうだぞ」

そう告げる鬼松に、野心などは無い。

武士と縁組みをすることで自分に得があるとは、微塵《みじん》も考えていなかった。


重信を無二の師匠と心に決め、欲得抜きで慕っていたのは、この鬼松だけではない。

一生を託すに値する人物、と思い定めていたはずの重信から心が離れてしまった巽新之助は目下《もっか》、米沢の城下から程近い、成島八幡宮《なるしまはちまんぐう》の神官の許で居候《いそうろう》を決め込んでいた。

成島八幡宮の縁起は宝亀《ほうき》年間（七七〇～八〇）、光仁《こうにん》帝の御代《みよ》にまでさかのぼる。

当時の陸奥《むつ》按察使《あぜちし》兼鎮守将軍だった大伴《おおともの》駿河麿《するがまろ》が蝦夷《えみし》との戦《いくさ》の勝利を祈願し、宇《う》佐《さ》八幡を勧進《かんじん》して社殿《しやでん》を創建させたのが始まりだという。

それから武人の社《やしろ》として信仰を集め、坂上田村麻呂《さかのうえのたむらまろ》や源八幡太郎義家《みなもとのはちまんたろうよしいえ》といった時の英雄たちも尊崇《そんすう》していたと伝えられる。

時代が下っても、土地の武士たちは成島八幡宮を疎《おろそ》かにはしなかった。殊《こと》に伊達家では八代当主の宗遠《むねとお》が永徳《えいとく》三年（一三八三）に拝殿《はいでん》を改築するなど、お膝元《ひざもと》の名刹《めいさつ》を維持することに余念が無い。

伊達家の庇護《ひご》の下に成り立っていたといっても過言ではない、武人の社《やしろ》。

その社を預かる神官の名を、片倉式部景重《かたくらしきぶかげしげ》といった。

五

新之助があれほど必死で行動したのは、生まれて初めてのことかも知れない。

濁酒の酔いも忘れて、一里（約四キロメートル）を越える道を駆け通した、あの夜。

ようやく八幡宮に辿り着いたとき、息を切らせて口もきけなくなっていた新之助に、式部はやっと振り向いてくれた。そして一言、感心したようにつぶやいたのである。

「よく、ついてこれたものだな」

とはいえ、その場で滞在を許されたわけではなかった。

社家に引っ込んでしまった式部が出てくるのを待ち、新之助は境内に座したままで一晩、夜の冷気に耐え抜いた。

後で分かったことだが、式部は神事の合間には野良仕事に励み日々、学問するのも怠らない、重信に輪をかけて生真面目な男であった。

あぐらをかいたまま眠り込んだ新之助が目を覚ましたとき、すでに陽は高かった。

「起きたか」

粟餅《あわもち》の詰まった藁苞を石畳の上に置くと、式部は告げた。明らかに新之助を厄介者《やっかいもの》扱いしている、淡々とした口調だった。

「これを食って、早々に去れ」

「ねえ、あっしを弟子にしてくださいよ」

「いらぬ」

仏頂面《ぶっちょうづら》でそう返しながらも、式部はしつこく居座る新之助の分の食事を毎朝、きちんと用意してくれた。無愛想きわまりない態度はいつも同じだったが、出される粟餅は境内で夜を過ごす体力を保つのに十分な量であった。

新之助は謹んで粟餅を押し頂くと日がな一日、参拝者の邪魔にならない境内の隅で居合の形稽古《かたげいこ》に励む。

重信に入門して一年。教えられた技の数は、わずかに七本のみである。

だが、幾度となく繰り返しても、この七本が満足にできないのだ。

技の手順は、完璧に覚えた。左を軸手にした斬り付けが正確に為されていることを示す刃音《はおと》も、よく出ていると思う。

そこまで到達していたにもかかわらず重信はいつも、今のままで真剣勝負に臨めば、おぬしは間違いなく果てると断言するのが常だった。

(手の内が練れておらぬ……か)

毎日のように指摘され続けた己の欠点を、どう克服するか。

図らずも師と離れ、独りで稽古をせざるを得ない環境に身を置いた新之助は目下、一年越しの課題に本腰を挙げて取り組んでいた。

手の内とは、刀を操る五指《ごし》の動きを意味する。

刀を抜いて敵を斬り、突く。もはや向かってこないと確かめた後、鞘に納めるまで一連の対敵動作を行う時、両の手はずっと柄を握り締めているわけではない。抜刀から納刀まで場面場合に応じて指を動かし、刀を操作できなくてはならぬ――というのが重信の教えであった。

とりわけ居合で刀を用いる場合、どうして精緻な指の動きを求められるのか。

それは、居合が抜刀すると同時に斬りつけ、一刀で敵を倒すことがすべてではないという自明の理と無関係ではない。

抜きつけの一刀で致命傷を与えることもあるものの、居合の初太刀とは敵の機先を制し、後退させるのが目的。敵を追い込んで斬り伏せ、あるいは突き伏せるのは二の太刀、三の太刀で果たすことなのだ。

途切れることなく、続けざまに刀を振るうためには体勢を入れ替えるだけではなく柄を握る五指の動きと力の加減も、絶えず変化することが求められる。

俗に糞握りと言われる、柄をわしづかみにした状態では話にならないのだ。

生来の体格と膂力《りょりょく》に恵まれ、同田貫では長寸の部類に属する二尺三寸の刀を片手で楽々と打ち振るうことのできる新之助だが、重信に出会うまで正式に剣術を学んだ経験は無い。

兵法者を志して武者修行の旅をしながら、手の内など考えたこともなかった新之助が五体満足でこられたのは、僥倖に過ぎなかったのだ。

（このままじゃ、いかん）

意識していないと、すぐ糞握りに戻ってしまうのに注意しながら、新之助は続けて稽古に励んだ。気が萎《な》えるたびに、あの鬼松という大男が自分より一歩先の段階にまで進んでいることを思い起こし、負けじの一念で、七本の居合形を繰り返した。

そして、夜になると境内の石畳《いしだたみ》に座し、黙して夜明けを待つ。

そして、同じ光景が、三たび繰り返された。

あの若者が現れたのは、三日目の夕刻のことだった。

六

八幡宮は武神の社であり、武者修行の男たちが参拝《さんぱい》に訪れるのは珍しくない。

その場に足を止め、新之助の形稽古を感心したように眺めていく者もいれば、一目見ただけで小馬鹿にした表情を浮かべ、去ってしまう者もいる。

各人各様の兵法者が、日に何度となく現れた。

初日こそ気にしていた新之助だが、今は誰がどんな反応を示しても、意に介《かい》さない。

他人の反応よりも、気がかりな課題が目の前に控えているからだ。

(刀の扱い、手の内を作るってのは、つくづく……難しいな)

四百匁《もんめ》(一五〇〇グラム)前後の重量を有する鍛鉄《たんてつ》製の刀身に、剃刀《かみそり》にも匹敵《ひってき》する切れ味の刃を備えた刀は、人体を骨肉《こつにく》まで断ち斬る威力を秘めている。硬い頭蓋骨《ずがいこつ》や尾骶骨《びていこつ》でさえ、心得のある者ならば、両断するのは不可能なことではない。

だが、糞握りで斬りつけても、満足な切れ味を引き出すことなどはできない。斬り損ねたあげく、見るも無惨に曲がってしまう。

強靭《きようじん》であると同時に、柔軟きわまりない鍛鉄を素材とする以上、刀身はひとたび扱いを誤れば容易《たやす》く曲がり、歪む。

この事実を新之助が知ったのは、昨日、社に居座ってから二日目のこと。

気晴らしに境内を出て、近くの林で立木《たちき》斬りを試みたのである。

成島八幡宮は、山続きの地に建っている。山裾には鬼面川《おものがわ》が環流しており、西方に古城の跡、北には古墳《こふん》が小高い丘陵を成していた。

新之助が足を踏み入れたのは、かつて矢子城《やごじよう》と呼ばれていた古《いにしえ》の城跡。雑木林と化して久しい場所だけに、試し斬りの対象物には事欠くまいと考えたのだ。

しかし、事は思うように運ばなかった。

こんな細っこいのは一太刀で切り倒してやる、と軽い気持ちで挑んだ若木の表皮をわずかに傷付けただけで跳ね返され、手が痺《しび》れた。自慢の剛刀は見るも無惨《むざん》な、くの字に折れ曲がった。

こういう折には慌てずに足で踏んで反対側に押し曲げ、一晩置いておけば元に戻るのだと重信から教わっていなければ、鞘に納めることもできぬまま、往生《おうじよう》していたことだろう。

この出来事を通じて、今まで刀を粗略《そりゃく》に扱っていたのを新之助は思い知った。

「手の位置は、小指で定める……か」

口に出してみながら、新之助は復活した愛刀を構え直した。

諸手中段に取った同田貫を頭上に振りかぶり、間を置くことなく斬り下ろす。

ほとんど音を発することなく、二尺三寸の刀身は空気を裂いた。いい刃音《はおと》だった。

刃音の高低と斬撃の強弱は、必ずしも一致しないという。

血脂流しの溝と装飾を兼ねて鎬《しのぎ》の近くに掻かれる、樋《ひ》の深さを調整して誂《しつら》えた刀であれば、幾らでも高く、迫力のある刃音がする。素人を威嚇《いかく》するだけで良ければ、深い樋を掻いてもらえるように発注すればいい。

しかし、刀身の強度を劣化させる危険を伴ってまで刀を加工し、派手派手しい刃音を発してみても、肝心の対峙する相手が驚愕しなければ、何の意味も無い。

新之助の斬撃は、ただ一度、生身の人間を斬った経験に裏付けられていた。

まだ手の内の何たるかも知らぬまま、乱戦の渦中《かちゅう》において無我夢中で刀を振るって対する敵を頭から、一刀両断に仕留めたのである。昨年、元亀《げんき》三年（一五七二）の初夏に重信ともども巻き込まれた、伊勢国司の北畠《きたばたけ》一族の内紛に絡んでの事件だった。

あのとき以来、新之助は真剣勝負を体験していない。

むろん、機会が無いわけではなかった。

旅先のそこここで、往来に『日本無双《ひのもとむそう》』といった類いの売り文句を仰々《ぎょうぎょう》しく染め抜いた旗幟《きし》を立てて道行く武士、それもできるだけ弱そうな者ばかりを選んで勝負を呼びかける自称「剣聖」たちには頻繁《ひんぱん》に出くわしたし、野盗・野伏《のぶせ》りの被害に苦しむ村で一夜の宿と食事、そして次の目的地までの道中食として乾飯を貰い受ける代わりに不寝番をしたことも何度かあった。

だが、重信は一度として自分から刀を抜かず、新之助には抜刀すら許さなかった。

むろん、人の命が不当に安い戦国乱世だけに、争いが避けられぬ局面もある。無益な勝負は止《よ》せと説いても効き目が無く、問答無用で斬りかかってこられた時にはやむを得ず柄の当て身で昏倒《こんとう》させる。このまま放置しておけば、居合わせた無辜《むこ》の人々の命に関わると判断すれば、指か腕を斬り飛ばしもする。

重信が三尺二寸三分の大太刀を鞘走らせるのは、あくまでも守りのために限られていた。

『生兵法では無理だ』

加勢しようとするたびに、いかなる修羅場《しゅらば》に身を置いている最中でも、重信はそう言って新之助を諫めたものである。

真剣を用いた立ち合いを修行中の身で、いや、できれば一生涯《いっしょうがい》するものではないという重信の戒《いまし》めが彼自身の苛酷《かこく》な実体験ゆえの配慮であることに、新之助は愚かにも気づいていなかった。

坂上千之丞の、そして鬼松の一件が起こらなかったとしても、この無鉄砲な若者が重信の許を去るのは、時間の問題だったのかも知れない。

新之助は自覚し、猛省《もうせい》するべきであった。今、自分が必死になって取り組んでいる課題のすべてを与えてくれたのが、誰なのかという事実に――。

「武者修行のお方ですか?」

呼びかけられた時、ちょうど新之助は七本の技をひと通り抜き終えて、二巡目に入ろうとしているところであった。

(冷やかしか)

この三日間、声をかけてくる物好きがいなかったわけではない。仕官先を求めて道中を続けているらしい古武士の懐古談《かいこだん》には一聴の価値もあったが、新之助より年若い、希望に燃えた青年修行者の理想論には二、三度、閉口させられていた。

鳥居の下に立っていたのは、見るからに聡明《そうめい》そうな、十六、七歳の若侍だった。目鼻立ちがすっきりと整った、美童と形容するべき容姿の持ち主である。

「ご精が出ますね」

快活な呼びかけを、新之助は無視した。この美童が実践を伴わない、無益な言を弄《ろう》する輩《やから》かどうかは、外見だけでは分からない。しかし、自分から稽古を中断してまで貴重な時を費やす価値はあるまいと思ったのだ。

まったく相手にされていないと悟った若侍は軽く溜め息をつくと、思いがけない言葉を口にした。

「父は、畑ですか」

新之助は驚いて、納刀中の刀身を取り落としそうになった。

あと一寸、手元が狂っていれば、危うく左掌の股《また》を切るところであった。

「おぬし……式部殿のご子息か」

「はい」

屈託《くったく》無く答えると、若侍は白い歯を見せた。

片倉《かたくら》小十郎景綱《こじゅうろうかげつな》、十七歳。

源氏に連なる鎌倉武士の末裔《まつえい》である片倉式部の次男に生まれ、伊達家十六代当主の輝宗に徒小姓として仕える、知勇兼備の美少年であった。

七

成島八幡宮の遙か彼方、朝日岳《あさひだけ》に照り映える夕陽を、新之助は眺めていた。しかし、壮観な光景も気分が沈んでいては、見惚《みほ》れるには至らない。

(面白くねえ)

式部は小十郎と連れ立って、城跡の林に出かけたままだった。

むろん、後を尾《つ》けぬ新之助ではない。畑仕事を切り上げて帰ってきた神官が息子の姿を見るなり、鍬に替えて二振りの木剣を持ち出したとなれば、尚のことだ。

しかし、未知の強豪と見込んだ式部の真価を見定めることはできなかった。

「帰れ」

新之助が身を潜めているのに気づいた式部は、いつもの如く無愛想に告げた。

そして聞く耳を持たないと悟るや否や、木剣を手に対峙した小十郎とおもむろに立ち合いを始めたのである。

新之助にとって、それは待望の瞬間であるはずだった。

だが、見定めることができない。片倉父子の一挙一動は、新之助が肉眼で追い切れぬほどに素早い上、異常なまでに手数《てかず》が多かったからだ。

何か、剣術形を演武《えんぶ》していることは分かる。ところが、どちらが打太刀《うちだち》でどちらが仕太刀《しだち》か判別できないまでに十合《ごう》、二十合と打ち合うばかりで、見取り稽古をさせてもらおうにも要領を得ない。

小半刻《こはんとき》（約三十分）も、そんな立ち合いが続いただろうか。

「いいかげんにしてもらえぬか。おぬしがそこにいる限り、儂はこやつに付き合《お》うて一晩じゅう相手をする羽目になる故な」

仏項面で告げた式部に続き、小十郎は申し訳なさそうに言い添えた。

「あなたが真剣に刀と向き合っておられることは、先程の稽古ぶりを拝見《はいけん》した時からお察ししております。しかし、香取《かとり》の剣は門外不出。真の技をご披露するわけにはいかないのです」

それでも新之助が八幡宮に戻る気配を見せずにいると、美少年はわずかに表情を険《けわ》しくしながら、こう言った。

「時が惜しいのは、おぬしも拙者も一緒。今日は月に一度だけ、殿のお許しを頂いての里帰りなのだ……父上との稽古、どうか邪魔しないでいただきたい」

優美な外見からは想像できない、押しを効かせた声だった。一転した口調には年上の新之助を引き下がらせて余りあるほどの、気迫も込められていた。

すぐさま退散した新之助は知り得ぬことであったが、片倉父子が修めた香取神道《かとりしんとう》流《りゅう》では太刀数《たちかず》、つまり攻守の双方が打ち合う回数を水増しし、技の実態を見破られない工夫が凝《こ》らされている。

これを「崩《くず》し」という。合戦場で実用に供された介者剣術《かいしゃけんじゅつ》を彷彿《ほうふつ》させる古流剣術の真の技はすべて口伝《くでん》であり、文書にも画像にも記録されることが無い。門外の修行者がいかに切望しても、実態を知るのは不可能なのであった。

夜が更けた頃、父子はようやく社家に戻ってきた。

「先程は、失礼仕《つかまつ》りました」

石畳に寝転がっていた新之助の足元へ歩み寄ると、小十郎は頭を下げた。

神域で不謹慎《ふきんしん》きわまりない格好《かっこう》をしていた新之助が慌てて飛び起きるほど、折り目正しいしぐさであった。

驚いたことに式部までもが、思いがけないことを言い出した。

「たまには、一献《いっこん》付き合わぬか？」

初めて上ることを許された社家の中は塵《ちり》ひとつ無く、整然と片付いていた。

「先夜の濁酒よりは、いける味だぞ」

御神酒《おみき》のお下がりを手ずから注いでもらった時は大いに恐縮したものの、一杯空けると新之助は生来の軽口が止まらなくなった。

「俺、いや、拙者の師匠は塚原卜伝先生の一の高弟でしてね。かく言う拙者も……」

虚実取り混ぜての武勇伝は、新之助が三杯目を干したところで遮られた。

「もういい」

手酌《てじゃく》で茶碗を満たすと、式部は額に深い縦皺《たてじわ》を浮かべた。いつも渋い表情なので分かりづらいが、気分を害するとこういう顔になるのが常のようだった。

「林崎氏《うじ》の名は、鹿島で耳にしたことがある。おぬし自身の話も、途中までは大したものと思った。しかしな、嘘をついてはいかん。自分を飾ろうとする者には、いかに望まれても我らが香取の剣を、教えるわけにはいかぬ」

たちまち悄然《しょうぜん》とする新之助を気遣うように、小十郎が口を開いた。

「そう気落ちされるものではありませんよ、新之助殿」

白湯《さゆ》の椀を床に置き、小十郎は真面目な顔で説き聞かせる。

ひと回り年下の者の態度にしては少々出過ぎていたが、不思議なほどに押し付けがましさを感じさせなかった。

「兵法とは、師の手ほどきを受けることがすべてではありません。己の業前《わざまえ》を高めるためには、これまでに受けられた教えを反芻《はんすう》する、独りの時をお持ちになる心がけも肝要《かんよう》ですよ」

「……ご助言、痛み入ります」

素直に謝意《しゃい》を述べた新之助に微笑み返し、小十郎は式部に向き直った。

「父上、たまさかには親孝行をさせてくだされ」

「何かの」

縦皺を引っ込めた式部に、美少年はそっと語りかけた。

「今年は旱魃《ひでり》の恐れ有り、との陰陽師《おんみょうじ》の見立てを聞き及びましてな」

「うむ」

「お内職の畑作、お一人では手が足りておりますまい。まして旱魃が案じられるとなれば尚のこと。夏場には、水汲みに若い力が要《い》りましょう」

「おぬし、戻ってくれるのか?」

とたんに、式部の仏項面がほころんだ。この無愛想きわまりない男が、これほど顔の筋を動かせるとは誰も思わぬほど、喜ばしい表情になっていた。

しかし、小十郎の返事は期待に反していた。

「新之助殿にこのまま、ご逗留を願うのですよ」

「小十郎さん？」

驚く新之助をよそに、美少年は言葉を続ける。

「兄上も拙者も他家に仕える身。父上もお一人でご苦労が絶えますまい。遠来の客の好意に甘えるのも、決して恥ではございません。むろん、それなりの御礼をせねばなりますまいが、ね」

「……勝手にするがいい」

またしても額に縦皺を寄せながら、式部はうなずいた。諦観《ていかん》に満ちた表情であった。

かくして新之助は心機一転し、前向きに新たな生活を送り始めた。

毎日、寅《とら》の刻（午前四時）に起床して拝殿の回りと境内を掃き清め、朝餉《あさげ》を済ませた後は式部に付き従い、昼過ぎまで畑仕事を手伝う。

午《うま》の刻（午後〇時）に社家へ戻って中食を摂り、再び畑に出ていく式部を見送ると新之助は独りで境内に立ち、形稽古に取り組んだ。がむしゃらに数を抜くのでなく一回ずつ集中し、手の内の仕上がりを確かめながら七本の技を研磨《けんま》するのに努《つと》めた。

稽古をつけてもらえるわけではないが、新之助は日を追う毎《ごと》に高揚感を覚えるようになってきた。早寝早起きと適度な労働、そして雑穀と山菜のみの食事が、この青年を心身共に生まれ変わらせてくれたのである。

香取神道流に触れる機会が得られるか否かはともかく、しばらくは世話になろうと思い定めた新之助だが、気がかりな点が無いわけではなかった。

寝食を共にし始めた後に知ったのだが、式部は時折、ふっと行方をくらますことがある。数日の間、神社を空けることも珍しくはない。

まさか、神官の身で女漁《おんなあさ》りに出かけるとは思えぬが……。

他ならぬ新之助自身も目下《もっか》、女断ちの最中だ。

境内の清浄な空気を胸一杯に満たしながら朝夕の稽古に励んでいると、女色《にょしょく》から久しく遠ざかっていることも、まるで苦にならない。

今は、独り稽古に励む時期。

一回り年下の美少年の言葉には、不思議な説得力があった。

第四章　織田信長の密偵

一

「温泉とな？」

　夕餉の席で切り出されたのは、思いがけない提案だった。

　箸《はし》の動きを止めた重信に、鬼松は大きくうなずいて見せる。左横のカカザでは美里が張りのある頰を赤らめながら、神妙に事の成りゆきを見守っていた。

「な、師匠」

　いかつい顔を精一杯に緩めながら、鬼松は続けて言った。

「ここさきてから野良仕事ばかりで、くたびった（疲れた）さけ？　たまには休みんせ」

「拙者《せっしゃ》は好きで長逗留いたし、おぬしの手伝いをさせてもろうておるのだ。気を遣うことはない」

「だからだよ、先生」

鬼松は、我が意を得たりとばかりに畳《たた》みかける。

「今のうちに、骨休めさしてほしいだよ」

すでに、四月も半ばを過ぎていた。そろそろ苗代《なわしろ》に種籾《たねもみ》を蒔《ま》く時期である。苗が伸びるのを待つ五月の間に代《しろ》つくりを終え、六月にはいよいよ田植えが始まる。その頃には、休みたくても休めるものではない。

温泉に出かけてこいというのは、重信を貴重な労働力と見なしているからこその計らいであって、客人ゆえの特別扱いと勘違いされては困る。鬼松は、そう言っているのだ。

「な、行ってきてけろ」

忙しくなる前の骨休めとなれば、せっかくの好意を拒む理由は無い。

重信がうなずくと、鬼松はさりげなく付け加えた。

「美里がお供するさけ。二、三日ゆっくりしてきてけろ」

驚いて、重信はカカザのほうを向いた。

「…………」

恥ずかしそうにうつむきながら、美里は上目遣いに、そっと重信を見やる。女の口からは言い出せないという思いが、桜色に染まった顔じゅうに満ち満ちていた。

重信の視線が熱を帯びているのを横目に、鬼松は満足そうに微笑んだ。

（むがさり（祝言）は、早いほうがええな）

妹思いの兄は、すでに婚礼の段取りまで考えていた。

できれば、秋の収穫を迎えてからのほうが望ましいのかも知れないが、時をかけすぎて重信が心変わりし、翻然《ほんぜん》と旅に出てしまったら元も子も無い。

再び武者修行をと思い立つ前に美里と理《わり》ない仲になりさえすれば、重信は義理の弟たる自分の許《もと》にとどまってくれることだろう。この生真面目で純情な兵法者の性格を鬼松は計算ずくではなく、一途な敬愛の念ゆえに見抜いていたのである。

二

鬼松に見送られて、重信と美里が村を発った頃。

久しぶりの余暇《よか》を取った最上義光は、鷹狩《たかが》りに興《きょう》じていた。

大名級の武士にとって、狩猟が単なる娯楽ではなかった事実はよく知られている。

のちの徳川の世には軍事訓練を兼ねて多数の家臣を動員し、実戦さながらに配して野山に潜む鳥獣を追い立てる、勢子《せこ》を務めさせることに重点が置かれたが、合戦が日常茶飯事の乱世に、わざわざ家臣に擬似《ぎじ》戦闘など体験させる必要は無い。戦国乱世の鷹狩りは主君に少人数の側近が付き従う、お忍びとも言うべき性格を帯びていた。

弓を手に山野を駆ける狩猟時の装いは、身分を隠すのに格好である。狩衣を着けてさえいれば、一国の大名といえども容易に市井《しせい》に紛れ込み、領民と気安く接することができるからだ。

威風堂々と見下ろすばかりでなく、庶民と同じ視点に立って自領内の実情を見聞きすることにも心を砕かなくては、名君たり得るものではあるまい。

民情視察の他に、もうひとつ、鷹狩りには重要な目的が隠されていた。

「一鳥啼《な》かず山更に幽《かす》かなり、か」

唐土《もろこし》（中国）の詩句を口ずさみながら、最上義光は精悍な顔に笑みを浮かべた。

岸壁の名刹《めいさつ》・宝珠山立石寺《ほうじゅさんりっしゃくじ》を彼方に望む義光の眼下には、立谷川《たちやがわ》が滔々《とうとう》と流れている。

この最上川《もがみがわ》の支流は、秋の実りをもたらすために欠かせない雪解け水を下流に運ぶだけではなく、最上領と天童領との境界線でもあった。

しかし、昨今の情勢を鑑《かんが》みる限り、立谷川が国境防衛の機能を十全に果たし得るとは言い切れない。天童家の現当主である天童頼澄が、隣接する最上家の所領に対する示威《じい》行動をとみに活発化させているからだ。

天童家は義光の側室の実家であり、頼澄は義弟に当たる人物である。しかし、この婚儀は幼少の頃に家督を継いだ頼澄が成人するまで、最上家が天童領を預かるという誓約の下に執り行われた、いわば政略結婚だった。

属国支配に等しい境遇を甘んじて受け入れていた天童一族が、不穏な動きを見せるようになったのは、義光が最上家の当主の座に就いた後のこと。元服した頼澄は父の頼貞と計って出城《でじろ》を国境の三箇所に設置し、独立の意志を無言のうちに示していた。

正式な立場としては最上家と主従関係にある以上、天童家との往来《おうらい》は自由である。

しかし、天童父子は義光の父で最上家の先代当主である義守に対しては殊勝《しゅしょう》に振る舞うが、現当主の義光を前にすると、露骨《ろこつ》な嫌悪の念を見せて止《や》まなかった。

故に、義光は天童家を訪ねることを好まない。いかにも憎々しげに接してくるのが不快であるだけでなく、最上家の当主として天童父子を幾度訪ねても、敵の手の内がまったく推《お》し量《はか》れないからだ。

(左様、あやつらは敵なのだ)

義光は、もはや天童領を属国とは見なしていない。そこはいつ何時、一命を落とすか分からない、危険地帯でもあった。

その危険地帯に、義光は足を踏み入れようとしている。

いかに鷹狩りに出た一介《いっかい》の武士を装ってはいても、義光の面体《めんてい》を見知っている者に遭遇すれば、たちどころに刃を向けられるのは必定《ひつじょう》である。しかし敵方の動向を探るのに、得体の知れない忍《しの》びを使役することを好まない義光は鷹狩りに事寄せて、天童伊達両家の勢力圏への潜入を試みるのが常であった。

自身の耳目《じもく》を以《もっ》て、生きた情報を収集するには危険も厭《いと》わない。己の行動の一切に責任を持つ覚悟があればこそ、初めて可能なことだった。

「殿、お食事にございまする」

義光の傍《かたわ》らに膝を突き、小姓の田村助左衛門は捧《ささ》げ持った握り飯を差し上げる。朋輩の戸部三郎左衛門は休息中の主君の名代《みょうだい》として、鷹の傍についている。

小姓たちは敵に遭遇した時の備えとして、小袖の下に鎖帷子《くさりかたびら》を着込んでいた。

我が身を守るためではなく、主君の盾となって凶刃《きょうじん》を受け止めるためであった。

「あまり、前にのめるでない」

竹筒の水で喉を潤した後、焼いた握り飯をひとつ取りながら、義光は小声で告げた。

あわてて助左衛門は襟元を直し、覗いていた鎖の一部を隠す。

防御の備えは、敵に見抜かれては用を為さない。敵地に身を置く以上、周囲に人目が無くとも、一挙一動に気を配るのが常識である。

「助左……連中はどうした？」

大豆味噌をたっぷりと塗って焼き上げた握り飯を頬張りながら、義光は問うた。

気まずそうに、助左衛門が下を向く。

「どうした？」

「その……冷えてかなわぬと申して、小用に」

「三人揃うて？　坂上もか」

「は」

義光は、不快そうに顔をしかめた。

今日の義光は小姓たちに加えて、新規に雇《やと》い入れた三名の護衛を同道していた。

いずれも最上領を通過しようとした、武者修行の兵法者たちである。

「昨今は、兵法者の質も落ちたものだな」

ふたつめの握り飯を取りながらも、義光は不快な表情を崩そうとしはなかった。食事中に尾籠《びろう》な話を聞かされたからではなく、自分が剛勇の士と見込んだ護衛たちの責任感の無さに、いささかの失望感を覚えていたからであった。

「やれやれ。殿様の道楽にまで付き合わされるとは、思ってもみなかったのう」

小便をしながらぼやいたのは、鄙《ひな》びた拵《こしら》えの太刀を佩《は》いた鏑木甚右衛門《かぶらぎじんえもん》だった。

「そう言うな。これも、お手当《てあて》のうちであろう」

やんわりと諫める塩野平助《しおのへいすけ》は、短めの大小を帯びた中年男。槍を能《よ》く遣うのは、逞しく盛り上がった右腕を見るまでもなく明らかである。

槍遣いは、刀剣を補助武器としか見ていない。平助が長い太刀を好まず、槍を操り出す動作の妨げにならぬ程度の打刀を帯びているのも、彼にしてみれば当然のことであった。

「時に貴公《きこう》、自慢の十文字槍はどうした」

「狩りのお供に、拙者の奥の手を披露する機会もあるまいと思うてな」

のんびりと用を足し、袴の裾を直す二人は、義光が単なる道楽で鷹狩りに出たと思い込んでいるらしい。

平助が槍を携行しなかったのも、主君の隠密行の供として槍持ちが同道するのが不自然に思われるという深慮からではない。仮にも最上家の領内で義光に危機が及ぶとは、毛ほども考えていないのだ。

天童領との境界線が安全であるどころか、最上家と天童家の全面戦争の発火点にも等しいという現状を正しく理解していれば、連れ小便などするはずもあるまい。

（呆れた連中だな）

用心の足りぬ護衛たちに醒《さ》めた視線を向けながら、坂上千之丞は思った。

千之丞は義光の護衛として、鷹狩りに加わっていたのだ。

「おぬしたち、いま少し気を張ってはどうかな」

「何が言いたいのか、若僧」

甚右衛門が憮然《ぶぜん》と問い返すと、千之丞は真面目な口調で告げた。

「殿の身に万が一のことがあれば、我らとて無事では済まぬのだぞ」

「埒も無いことを……」

左腰の太刀を揺すり上げる甚右衛門の態度は、自信満々であった。

「出羽の田舎侍どもの手にかかって果てるほど、拙者が未熟に見えるのか？」

甚右衛門が有無を言わせぬ態度でうそぶいても、千之丞は答えようとせず、ただ頭を軽く振ってみせただけだった。なまじ顔の造作が整っているだけに、些細《ささい》なしぐさひとつでも相手の怒気《どき》を煽《あお》るには十分すぎる効果があった。

「死にたいのか、おぬし」

「試してみるか」

答えた千之丞に対し、甚右衛門は無言で太刀の鯉口を切った。

海部拵《かいふごしらえ》と呼ばれる実用本位の刀装に特有の、木地がむき出しの柄に嵌《は》めた鉄輪《かなわ》と筒金《つがね》が鈍色《にびいろ》の光を放つ。

山の民が用いた堅牢《けんろう》な拵えの太刀を基に生み出された海部拵は、武用刀向けに室町の頃から根強い人気があった。

現在は元亀《げんき》元年（一五七〇）に生まれたばかりの四歳児だが、後に初代秋田《あきた》藩主となる佐竹義宣《さたけよしのぶ》も愛好者の一人で、その愛刀の拵えは佐竹柄と称され、室町以来の武用刀の伝統をよく伝えている。

深反《ふかぞ》りの太刀を、甚右衛門は右八双《みぎはっそう》に構えた。

怒り心頭に発していても、血気に逸《はや》って斬りかかろうとはしない。

この男、大言壮語《たいげんそうご》するだけの力量は備えているらしい。

だが、敵が目の前にいる者だけとは限らないという、兵法者にとって肝心の心得が欠けていた。

「う！」

突然、くぐもった声を上げて、甚右衛門が前にのめった。

背中に、二尺（約六〇センチ）余りの太い矢が突き立っていた。出羽名産の犬鷲《いぬわし》の羽で作られた矢羽根《やばね》の尻から、長々と紐《ひも》が伸びている。打根《うちね》、または手突矢《てつきや》と呼ばれる投擲《とうてき》武器であった。

「た、誰《たれ》かっ」

我関せずと傍観者《ぼうかんしゃ》を決め込んでいた平助が、頭を抱えてしゃがみ込んだ。襲撃者を迎え撃つどころか、完全に平常心を失っている。

それに構わず、千之丞は瞬時に動いた。

四肢《しし》を痙攣《けいれん》させる甚右衛門の背から打根を抜き取り、紐が引き戻されるよりも速く、一挙動で投げ打つ。長い右腕が鞭《むち》の如く撓《しな》った次の瞬間、前方で悲鳴が上がった。

「………？」

平助がおずおずと顔を上げた時、千之丞の姿はすでに消えていた。

見れば十間（約一八メートル）ほど先に、見知らぬ男が崩れ落ちている。己の得物に胸板を刺し貫かれた男は、驚愕の表情を浮かべたまま息絶えていた。

恐怖にかられ、恥も外聞も投げ捨てて、平助は遁走《とんそう》した。

木立の向こうからは、激しい刀槍《とうそう》の響きが聞こえてくる。

無我夢中で逃げ去る卑怯者《ひきょうもの》は、その方向に目を向けようともしなかった。

「殿！　お逃げくださいっ」

迫る凶刃に顔を引き攣《つ》らせながら、助左衛門は懸命《けんめい》に叫んだ。

「儂よりも、三郎左を守ってやれい」

佩刀を油断なく構えたまま、義光は小姓を叱咤した。

義光愛用の鷹を逃そうとした三郎左衛門は、鎖帷子で覆われていなかった腿《もも》に手傷を負って動けない。その横には、血に染まった熊鷹が無惨《むざん》に転がっている。

義光たちとの距離は、わずか二間（約三・六メートル）。だが、そこには刀を抜き連ねた五人の武士が、表情の無い顔で立ちはだかっていた。

助左衛門には無限の距離にも思える、死の待つ空間である。

苦悶する三郎左の前では、頭目と思《おぼ》しき大柄な武士が仁王立《におうだ》ちになっていた。抵抗する力を失った小姓の喉元《のどもと》に槍先を向けたまま、嗜虐《しぎゃく》の笑みを浮かべている。

「早《はよ》うせい！」

意を決した助左衛門が飛び出すと同時に、端に立った武士が横殴りに刃を振るった。

鎖帷子の上から浴びせられた一撃は肌身にこそ達しなかったが、華奢《きゃしゃ》な助左衛門を悶絶《もんぜつ》させるには十分な威力《いりょく》を秘めていた。

肉厚の蛤刃《はまぐりば》でしたたかに胴を打たれた助左衛門が失神したと見るや、義光はゆっくりと太刀を上段に取り直した。

一対六の立ち合いなど、武者修行に出ていた当時はむろん、合戦場でも覚えは無い。

(やはり主君たる者、家臣とその佩刀を以て我が守りと為すのが肝要であったか)

死地に身を置きながら、義光は自分が妙に冷静であることに気づいた。

どういうわけか分からぬが、まだ死ぬ気がしない。

それは決して、生への渇望《かつぼう》ゆえの妄想《もうそう》では無かった。

「伏手《ふせて》がわずか一人《いちにん》のみとは、甘く見たな」

義光の耳に、男の声が響いた。木立の陰から現れたのは、坂上千之丞であった。

千之丞は大刀の鯉口を切らなかった。代わりに鞘走らせたのは、帯の内側に差した九寸五分（約二八・五センチ）の小刀である。

一尺に満たぬ刀身は、むしろ短刀と呼ぶべきかも知れない。

大刀の半分にも達していない、短寸の得物で多勢を相手取るとは無謀《むぼう》の極み。

しかし、瞬く間に倒されたのは、刺客《しかく》たちのほうだった。

最初の一人は、顔面を断ち割られた。十分に間合いを取り、短刀で届くはずもない位置から放った斬撃をかわされた刹那《せつな》、分厚い刃を目と目の間に叩き込まれていた。千之丞の体捌きは、倍する刀身で殺到してくる敵の大刀を無力化させる、恐るべき力を秘めていたのである。

短刀を打ち込む瞬間、千之丞は上体を半身《はんみ》に開く。柄を握った右手を前に出すと同時に、鯉口を握った左手を後方に思いきり引くことで腰が捩《ね》じれ、上体は自ずと右斜めに向く。この体勢を指して、半身と呼ぶ。半身になれば、ふつうに腰を正面に向けている時よりも右腕が伸びる。つまり刀身が短くても半身の体勢を取りさえすれば、遠くまで刃を届かせることができるのだ。

千之丞は足捌きにも、工夫が見られた。

剣術では右足を前足、左足を後足と称する。刃を振るう際は右足が前方に、左足が後方に在るのが常なのだが、千之丞は半身になった瞬間、右足を大股に踏み込んだ上に、左膝を極限まで伸ばしていた。この体勢を作ることによって、わずか九寸五分の短刀は本来の刀身の倍に相当する間合いまで届くのである。

むろん、いつまでも大股のままでいては、たちまち敵の刃の餌食《えじき》にされてしまう。最初の敵に斬撃を見舞った次の瞬間、千之丞は即座に元の立ち姿に戻っていた。

足腰がよほど強靱《きょうじん》でなくては長い両の足をもつれさせることなく、速《すみ》やかに体勢を立て直せるものではない。

半身になると同時の鞘引き、そして踏み込みは、斬撃の威力をも倍加させる。右手と左手、上体と両足が完璧に連動しているからこそ可能な業《わざ》だ。

たちまち、義光を押し包んでいた六人の刺客は倒された。

九寸五分を振るう手の内も見せない、手練の早業であった。

「ご無事ですか」

頭目の喉笛を貫いた短刀を抜き取り、千之丞は何事も無かったかのように言った。

最後に残った頭目が三郎左衛門を芋刺《いもざ》しにするより早く、千之丞は短刀を手裏剣代わりに投じたのだ。

「他の者たちはどうした？」

努《つと》めて落ち着いた態度を保ちつつ、義光は問うた。

「鏑木殿は相果てました。塩野殿は伏手を追ったまま、何処《いずこ》かへ」

「庇《かば》わずともよい。泡《あわ》を食って逃げたのであろう」

義光は舌打ちすると、小姓たちに言った。

「大事ないか？」

「は……」

互いに支え合いながら、助左衛門と三郎左衛門は何とか自力で立ち上がった。

「参るぞ」

命じるまでもなく、千之丞は刺客たちが乗り捨てていた馬を引いてきた。

三頭とも手入れの行き届いた、駿馬《しゅんめ》ばかりである。

「大儀《たいぎ》である」

労《ねぎら》いの言葉を与えると、義光は葦毛《あしげ》に跨《また》がった。

千之丞は駑馬《ぶちうま》を選び、残った黒馬《くろうま》の背に小姓たちを乗せて、伸ばした手綱《たづな》を握る。

（こやつだけは、掘り出し物だったの）

千之丞の働きぶりを横目に、義光は己の目が狂っていなかったことを神に謝した。

残る二人はともかく、この若い兵法者までが用を為さない輩だったとしたら、今頃は小姓たちともども、自分も冷たい骸《むくろ》と化していたことだろう。

（正規の家臣に取り立ててやらねばなるまいが、それだけの価値はある）

義光はそう考えていた。

しかし、義光は気づいていなかった。千之丞の真の狙いが、もっと奥深いところにあるということに——。

三

山形城に無事帰還した義光は、坂上千之丞に奥詰めを命じた。

これまでのような臨時雇いの護衛ではなく、正式な家臣として、主君の身辺を警護する立場を保障されたのである。

「助左と三郎左の怪我《けが》が治るのを待って、いずれ旗本《はたもと》に取り立てて遣わす」

「有難く承《うけたまわ》りたく存じあげます」

殊勝に拝命した千之丞に、義光は新しい小袖と肩衣《かたぎぬ》、そして袴の一式を運ばせると重ねて問うた。

「他に望みあらば、何なりと申すがよい」

「一両日、御暇を頂けまするか」

「よかろう」

「それから、逐電した塩野殿の槍を項戴《ちょうだい》いたしても宜《よろ》しいでしょうか？」

「好きに致せ」

義光は是非《ぜひ》もないという口調で言った。

新品の衣服に改めた千之丞は、城下に出た。

肩には、下げ渡されたばかりの十文字槍を担いでいる。

正規の家臣に抜擢されたとはいえ、まだ若党一人抱えていない身だけに、自ら槍を持っていても不審がられることは無い。千之丞にとって好都合なことだった。

出向いた先は、城下町の武具商であった。

「島田鍛冶《しまだかじ》の作には見えませんが……」

「何を言うか。無銘ではあるが、義助《よしすけ》の若作《わかさく》に相違あるまいぞ」

元の持ち主が盛んに自慢していた割に大した値が付かなかったが、必要と思われる金はどうにか手に入った。

次に千之丞が向かったのは、城下の遊廓《ゆうかく》だった。

酒だけでよいと告げて女を断り、千之丞は手酌《てじゃく》で杯を重ねた。人斬りの疲労と不快感が薄れる程度に加減しながら呑んではいたが、待ち人が姿を見せるまで一刻（約二時間）を要したため、思ったよりも早く酔いが回ってしまった。

「遅いではないか……時をかけすぎると、女に嫌われるぞ」

「ふっ。そうでもないから、男女の道は奥深いのだ」

答えたのは、千之丞より一回りほど年上の牢人者《ろうにんもの》だった。

武者修行者が行き交う城下町に逗留する時は常《つね》の形の武士に戻るが、この男が商人から放下師《ほうかし》、山伏《やまぶし》から虚無僧《こむそう》にまで化けおおせる、忍びの者に特有の変装術『七方出《しちほうで》』の名手であることを千之丞は知っている。

だから、私事の探索を頼みもしたのだ。

「林崎重信の居場所はどこか」

用向きを切り出した千之丞に、牢人は抜かりなく告げた。

「先に、約束のものを貰おうか」

「よかろう」

千之丞は素直に、懐中から金の包みを取り出した。武具屋に売り飛ばしたばかりの、槍の代金の全額である。

「有難い。これで、店の払いの心配が無くなった」

安堵した顔になった牢人は、矢立《やたて》と紙を所望《しょもう》した。

筆記具はあるが紙は無いと千之丞が答えると、金をくるんでいた懐紙《かいし》を広げる。

中身の切銀《きりぎん》と銭束《ぜにたば》は、牢人の薄汚れた胴巻きに仕舞《しま》い込まれた。

「小さな村だが……この切り通しを抜けていけば、迷うことはなかろう」

ごく簡単な地図であったが、小道の一本まで漏らすことなく、詳細に書き込まれている。流石《さすが》、諸国の探索を生業《なりわい》とするだけのことはある。

「ここが、奴の世話になっている家だ」

村外れの地点を指し示された千之丞は、怪訝そうに問うた。

「名主の屋敷ではないのか？」

「兵法者としての逗留ならば、そうなるのだろうがな……」

牢人は、軽侮の念を込めた口調で続けた。

「今の林崎は、刀を帯びてはおらぬ」

「どういうことだ」

「百姓の真似事《まねごと》をしておった」

「…………」

千之丞の秀麗《しゅうれい》な横顔に、かすかに失望の色が浮かんだ。

「ただし、今は居《お》らぬぞ」

矢立を返して寄越しながら、牢人は念を押すように言った。

「何だと」

「慌てるな。ほんの二、三日、湯治で留守にしているだけらしい」

「転がり込んだ村で野良仕事に精を出している奴が、どうして湯治に？」

「女さ」

牢人は、意味深な笑みを浮かべた。

「林崎が昔教えた、鬼松って男の妹でな。名は美里。二十歳の女盛りよ」

「その女を連れて、温泉に参ったのか」

「そういうことだ。鬼松は妹と林崎をくっつけて、村に居着かせたいらしい。骨の髄《ずい》までの兵法者が、農民になり切れるはずもあるまいに」

「……おぬしの意見はどうでもいい」

平静を取り戻した千之丞は、重ねて問うた。

「行き先は、どこの湯治場だ」

「小野小町《おののこまち》ゆかりの湯と言えば、お前さんも聞いたことがあるだろう。米沢城下から一番近い、小野川温泉さ」

「湯治ともいえぬ距離だな」

「遠い近いは関係なかろう。俺の見立てたところ、林崎と美里はお互いに惚《ほ》れ合っておる故な。二人きりにさえなれれば、どこでも構わぬのだ」

下卑《げび》た笑みを浮かべる牢人に構わず、千之丞は何か思案を始めた。

「ところで、話の順序が逆になってしもうたが……」

ふいに真面目な表情になった牢人は、千之丞に問いかけた。

「そのなりを見たところ、晴れて最上家に召し抱えられたようだが……おぬし一人の手に負えそうか？」

先程までとは一転した、真剣そのものの口調であった。

「おぬしの果たすべき仕事は、義光めが一命を断つことぞ。私怨《しえん》を晴らすのに血道《ちみち》を上げて、信長《のぶなが》公よりご依頼の儀《ぎ》を疎《おそろ》かにされては困る」

「大事ない」

答える千之丞の態度には、いつもの余裕が戻っていた。

「天童か、それとも中野家の息のかかった者かは分からぬが、思うておったより早う襲撃に遭ったのが幸いした。このまま流れに乗っていけば、義光は遠からず落命することになるであろうよ」

「流れとは、どういうことだ」

牢人との会話を打ち切るように、千之丞は自信を込めて言った。

「一足先に岐阜《ぎふ》へ戻り、信長公にご報告申し上げよ。この坂上千之丞が必ずや、東北の地の均衡を崩してご覧に入れる……とな」

千之丞の正体。それは東北の戦国大名たちの抗争を扇動すべく、織田家から放たれた密偵であった。牢人は別途雇われた、探索専門の忍びの者である。

天下統一事業に忙殺《ぼうさつ》されている現状で、さしもの織田軍団にも東北にまで大軍を動員する余裕は無い。故に密偵を用い、最上家をはじめとする東北の覇者を互いに嚙《か》み合わせることによって、疲弊《ひへい》させようと目論《もくろ》んでいるのだ。

千之丞の亡き父で武者修行を装った主膳が二十六年前、重信の父である浅野数馬を闇討ちにしたのも、最上家と敵対する大名に雇われ、主膳が最上に連なる因幡守満英の動向を探索していることを、数馬に勘付かれたためであった。

自分が生まれる前の出来事の是非など、千之丞には分からない。

しかし、主膳が坂上家を支える当主であり、良き父であったことは知っている。だからこそ十二年前、突然京に現れて、自分の面前で父を非情に斬り捨てて去った重信に対しても、純粋な復讐の念のみを抱くことができたのだ。

父を失った十二歳の時、母子で鞍馬山《くらまやま》に参籠した千之丞は「九寸五分の短き刀を遣え」と神託《しんたく》を受けた。

しかし、その実は神託などではなく、重信憎しの一念から狂奔《きょうほん》した母が口走った教えであった。

爾来《じらい》、彼は仇討ちを願いながら死した母の無念を一身に背負い、三尺二寸三分の大太刀を制する技を培《つちか》うための、激烈な修行に耐えてきたのだ。

図らずも父子二代の密偵となった千之丞が、織田家という大口の雇い主からの密命を帯びて赴《おもむ》いた出羽国において、仇の重信と早々に遭遇したのは僥倖《ぎょうこう》に他ならない。

(待っておれよ林崎……)

牢人が去ったのを潮に、千之丞は立ち上がった。

重信が女と温泉に出かけたと聞かされた時、千之丞の脳裏にはひとつの邪悪な考えが浮かんでいた。

義光から許された暇は一両日。明日の閉門までには、山形城に戻らねばならない。

仲間の牢人から念を押されるまでもなく、千之丞は自分の役目を自覚していた。下手に疑いをかけられ、我が身を危機に晒すわけにはいかない。

限られた日数の中で何か事を為すとしたら、向かう先はひとつしかなかった。

四

日本有数の秘湯の宝庫として知られる米沢でも、ひときわ古い歴史を持っているのが小野川温泉だ。

城下から二里（約八キロメートル）弱と最も近く、近年では米沢の奥座敷と称されて遠来の者の人気を集める名湯も、戦国乱世には怪我や病気の治療に訪れた人々がひっそりと時を過ごす、静かな湯治場であった。

まだ湯治が物見遊山《ものみゆさん》のひとつにはなっていない頃だけに、温泉宿も軒を争うほどに林立《りんりつ》しているわけではない。

後の世には二十軒近い宿が建ち並ぶ小野川温泉だが、天正元年（一五七三）の今は『扇屋《おうぎや》』などの数軒が、静かなたたずまいを見せているのみである。

重信と美里は、この『扇屋』の小座敷に部屋を取った。

伊達家の現当主である輝宗の定宿でもある『扇屋』は、古来より小野川温泉を代表する宿である。相応の費《つい》えはかかったが、今の重信にとっては少々の散財《さんざい》など、問題ではなかった。

座敷といっても板張りの床に莚《むしろ》を敷きのべただけの造りではあるが、冷たい土間の上に荒莚を直《じか》に敷いた鬼松の家よりも格段に暖かく、過ごしやすい。

もちろん、あの家の居心地が悪いというわけではない。

鬼松の提案を受け入れた時から、いや、美里と十年ぶりに再会した時から、心のうちで予感していた。彼女を求める気持ちは、単なる肉欲ではないのだと。

(互いに頼り、頼られる結縁が欲しい)

齢《よわい》二十一で郷里を出奔して以来、初めて覚える感情だった。


美里は階下の炊事場を借りて、夕餉の支度に励んでいる。

彼女は真新しい着衣に装いを変えていた。米沢の城下町の見世棚《みせだな》で重信が見立ててくれた絞りの小袖は肌触りがよく、豊かな腰に巻いたしなやかな細帯が心地いい。

それにしても、どうして客である美里が自分で飯を炊《た》く必要があるのか。

後の世の温泉場にも自炊可能な宿泊施設は少なくないが、戦国乱世から徳川の世の前半にかけての宿では備え付けの調理器具と什器《じゅうき》を貸し出し、持参の食材で煮炊きをしてもらう形式が一般的であった。

武家であれ庶民であれ、主人の供をする者は投宿するたびに食事を作るという仕事を伴ったのである。日がな一日、徒歩で道中してきたのに足を伸ばす暇もなく、炊事をしなくてはならないとなれば、楽しかろうはずは無い。

しかし、庖丁を遣う美里の表情は明るいこと、この上なかった。

武家屋敷の台所とは比べるべくもないが、旅宿の炊事場には竈《かまど》があるし、すぐ裏に流し場も用意されている。すべてを狭い土間の片隅で済まさなくてはならない我が家と違って、炊事が楽しくなる快適さが備わっていた。

（こんな立派なダイドコのある家に、住めたらいいのにな）

美里は、一瞬でもそう思った己を恥じた。

兄の鬼松がどれだけ真面目に働き、今の住まいを持つに至ったのかを思い起こせば家の炊事場に不満を抱くなど、罰当たり以外の何物でもない。

彼女の想い人は、土間ひとつきりの家で暮らすことを望んでくれているのだ。

美里は、重信に出世など望んではいない。

あの恐ろしい大太刀を捨てて、自分と夫婦になってくれれば、それだけで身に余る幸せだと心から念じていた。

武士から農民になるには覚悟が要《い》るだろう、未練もあるだろう。

だが、自分には彼の未練を断ち切るだけの魅力がある、いや、きっとあるはずだと美里は信じた。

(重信さまの、御子《おこ》が産みたい)

それだけが、美里の唯一の望みであった。

重信は板の間に黙然と座し、これからのことを考えていた。

過去に女性と理《わり》ない仲になった経験が、皆無というわけではない。妻に迎えたいと真剣に考えた相手もいる。

だが、そこには奢《おご》りがあった。愛すればこそ守らなくてはならない、という男の傲《ごう》慢《まん》な心根ゆえの押しつけがましさがあった。

重信は、痛感せずにはいられない。

愛すればこそ守らなくてはならない、という想いに自分がずっと囚《とら》われていたのは、実は女性を対等の立場と見なしたことが一度も無かったからではないか。

相手が男か女か、世間の常識に照らして珍奇《ちんき》か否かを問わず、自分と異なる相手と向き合って理解を深める、そうやって理解しようという姿勢を持たなくては、人として生きていくことは難しい。自分の物差しでしか他者を計ることのできない人間は、俗世間と交流を持たずに、独りで際限なく繰《く》り言《ごと》をほざき、地下蔵の住人にでもなるより他にあるまい。

弱肉強食の戦国乱世とて、傲慢なだけの者は滅びるのが常。奈良や平安の宮中の権力者から武家の頭領に至るまで、臣下の謀叛《むほん》で落命した者は数知れないが、人として他者と接する術が誤っていたことも、自滅の一因だったと言えるだろう。

だからといって、万人に慈愛《じあい》を以て接するなどというお題目《だいもく》も裏を返せば特権意識の産物に他ならない。

傲慢さも特権意識も、唾棄《だき》すべき対象でしか無いと重信は思う。

ならば、己自身はどうか。

『兵法者は放浪者、この世に益なき存在なのだ』と偉そうに説きながらも、重信は自分の肩書きをどこか誇りに思っていたことを否《いな》めない。

自分もまた、傲慢な地下蔵の住人予備軍の一人だったと重信は猛省した。

今こそ物差しを捨てる時なのだと、重信は心に決めた。

重信の物差し。それは尚武《しょうぶ》の道に邁進《まいしん》することを至上の行為と思い定め、兵法と無縁の事柄には接しないという、きわめて狭量な価値観であった。

鬼松と美里の兄妹は、兵法とは縁も所縁《ゆかり》も無い。

重信が鬼松に居合を教えたのは、道を踏み外しかけていた無頼漢《ぶらいかん》を更生させる役に立つかも知れないという発想故《ゆえ》のことであり、兵法者に育てようという気持ちなどはまったく無かった。後にも先にも、兵法者になって欲しくないと願いながら剣を指南したのは鬼松ただ一人である。

そして十年後、鬼松は一人前の農夫として重信の前に現れた。

そうなって欲しいと重信が願い、会いに出かけた甲斐があって余りあるほど、立派に自立した姿を見せてくれた。

兵法者になった己はと言えば、果たして真に自立しているといえるのか？

人を斬らず、剣技を研鑽《けんさん》できる世の中になればいいという高邁《こうまい》な理想を抱きながらも、この乱世で薄汚ない権謀術数《けんぼうじゅっすう》の数々に巻き込まれ、浮き草の如く、ただ生きているだけではないのか。

重信は、疲れていた。兵法者とは所詮《しょせん》、権力の手先になることでしか存在し得ない立場に過ぎないと、この十年間で思い知らされてもいた。

そもそも、どうして自分は長剣抜刀の術を会得するに至ったのか。

懐に抱かれた記憶さえおぼろげな、父の無念を晴らすという一念だけのことではなかったのは確かである。

重信は、翻然と悟った。

そう、母がいたからだ。母の菅野が仇討ちを切望していたからこそ、苛酷な鍛錬に耐え抜くことを厭《いと》わず、自分は仇討ちに邁進《まいしん》できたのだ。仇討ちも、長剣抜刀の奥義も、すべては母を愛していたからこそ成ったことなのだ。

母が亡くなった時に、そのことに気づいておくべきだったのかも知れない。

しかし、その結果はどうであったか。

仇討ちを成し遂げたとはいえ、母の死に目に会うこともできず、あげくの果てには坂上千之丞という新たなる恨みの連鎖を作り上げてしまった。

今、自分に必要なのは兵法ではなく対等に向き合い、愛し合える存在であるということに、重信はようやく気づき始めていた。

重信には父も母も無い。血を分けた肉親が、誰もいない。

ずっと空虚な想いを抱いて生きてきた十余年の空白を、重信は今、自らの手で埋めたいと願っていた。

若き日に学んだ禅の公案《こうあん》に「婆子焼庵《ばすしょうあん》」というものがある。

昔、唐土《もろこし》（中国）に、奇特な老婆がいた。庵《いおり》を建てて一人の修行僧を住まわせ、身の回りの世話を焼いてきたのである。老婆は世話係に十七、八歳の美しい娘を使っていたが、僧は間違いを犯すこともなく、身を清浄に保っていた。

庵を建ててから二十年目。老婆は僧が悟りの境地に達したか否かを試すため、そのとき雇っていた娘に男を誘惑する知恵を授けた。

手練手管《てれんてくだ》を弄《ろう》して迫る娘に対し、僧は動揺することもなくこう答えたという。

『枯木寒巌《こぼくかんがん》に倚《よ》る。三冬《さんとう》暖気なし』

冬の三月《みつき》の間の空気の如く、澄み切った自分の胸中には暖気、すなわち燃える煩悩《ぼんのう》などは無い。その自分に柔肌《やわはだ》を密着させたところで、枯れ木が巨岩に寄り添うようなものだ、と言い切ったのである。

女犯を禁とする僧の規範ともいうべき言葉だったが、娘からの報告を聞いた老婆は立腹して僧を叩き出したあげくに庵を燃やし、一切を処分してしまったという。

いったいなぜなのか——。

僧とて健全な男性である。年若い美女から迫られれば、欲情を覚えるのは生理現象と言えよう。だが、その煩悩との葛藤《かっとう》を示すこともなく、あたかも悟り切ったような答えをさらりと出されたところで、一片も実は無い。

娘を抱いていれば元も子もあるまいが、そうなりかけながらいま一歩のところで踏み止まり、煩悩に身を焦がすのが修行者の、そして健全な男性の姿であろう。

その葛藤の過程をこそ、老婆は見届けたかったのである。頭だけで理解したように話す僧に対し、怒り心頭に発したのも当然のことであった。

この「婆子焼庵」に照らせば、老婆は鬼松、娘は美里ということになる。

では、二人は重信を試しているのか。

否。重信を試そうなどという不遜な気持ちを、兄妹は最初から持っていない。

十年の時を経て戻ってきてくれた重信を、身内に迎えたい。

それだけが、二人の真摯《しんし》な願いであった。

そして、重信は僧ではない。

ためらう理由など、どこにも有りはしないのだ。

(美里が欲しい)

重信は心からそう思った。

むろん、母の身代わりに求めるのではない。

血を分けた肉親を新たに生み育ててくれる対象として、重信は美里を望んだのだ。

新しい命が生まれて成長し、次代の命を育《はぐく》み、そして死んでいく。

確かに、重信には父も母もいない。しかし、子を作れば天涯孤独ではなくなる。肉親がいないことをいつまでも悲しむよりも、自ら親となり、新たに一家を構えるほうが遙かに前向きな生き方とは言えまいか。そんな当たり前のことに、どうして今まで気づかなかったのか。

しかし、流浪の兵法者の身では、家族など持てるものではない。

ならば、兵法をあきらめよう。

剣を捨てよう。

重信の心に、もはや迷いは無かった。


「重信さま」

湯気の立つ鉄鍋を提げて、美里が戻ってきた。

「美味《うま》そうだな」

感嘆《かんたん》の声を上げる重信の前に、飯と汁の椀が並べられた。出たばかりの五加《うこぎ》の若芽を茹《ゆ》で、軽く塩を振って炊き立ての飯に混ぜた五加飯《うこぎめし》も、取れ立ての筍《たけのこ》をたっぷりと入れて何度も煮返し、よく味を染み込ませたこみそ煮も、山形に春の訪れを告げる献立《こんだて》である。常日頃の質素な暮らしの中では食べる機会の無い、馳走《ちそう》だった。

何にも増して豪勢なのが、米の飯であることは言うまでもない。重信は、しきりにもったいないと言う美里に一緡《ひとさし》の銭を握らせて、一升《いっしょう》購《あがな》わさせたのだ。百文ぶんの米があれば数日の間、二人で朝夕食べても足りなくなる気遣いは無い。

嬉しそうに箸を動かす美里を見ながら、重信は目を細めた。

武骨《ぶこつ》な顔一杯に、安らぎの笑みが浮かんでいた。

五

空になった鍋と什器を手に、美里が階下に降りて行った。

その間に重信は大太刀の鞘を払い、手早く刀身に丁子油《ちょうじあぶら》を引く。

刀は、使わなくとも放置しておけば空気中の水分を吸い、錆《さ》びが進行する。

この一月《ひとつき》の間にも、重信は愛刀の手入れを怠っていない。だが、技の稽古は久しく絶っていた。

鬼松と一緒に朝から畑に出て、陽が沈むまで鍬を振るう日々を送る中、鍛錬に励む意味を見出せなくなっていたのである。

「名主の三男坊が、侍になりたがっていたな。俺の大太刀を、いつも羨《うらや》まし気に見ておったが……はて、いかほどで引き取ってくれるかの」

自分に言い聞かせるようにつぶやくと、重信は三尺二寸三分の刀身を鞘に納めた。

九寸五分の小刀にも懐紙で拭いをかけ、念入りに油を引く。

思い切ろうとしながらも、粗略には扱えない。

気持ちの上では、まだ後ろめたさが残っている。

自分が剣を捨てれば、亡き塚原卜伝の最高奥義であった『一《ひとつ》の太刀』の伝承者がまた一人消えることになる。そして、長剣抜刀の技も。

「………」

膝の傍らに置いた大太刀に、重信はもう一度手を伸ばす。

鞘ぐるみの刀身の重みが、ずしりと掌《てのひら》に伝わってくる。離れ難《がた》い量感であった。

と、そのとき階段のきしむ音が聞こえてきた。

重信は、大小の二刀をあわてて脇に押しやる。自分が刀に触れるたび、美里が不安そうな顔をすることに、以前から気づいていたからだ。

閉めた戸の向こうから、ためらいがちに呼びかけてくる美里の声が聞こえた。

「重信さま」

「うん」

「温泉に、参りませんか……」

消え入るような声だった。

面と向かっては、言い出せなかったのだろう。戸板越しに、彼女の震えが伝わってくるようであった。

「すぐ参る。先に入っていなさい」

ほっとした様子で、足音が遠ざかっていく。

腰を上げた重信は大太刀と小刀、そして米の詰まった布袋を一緒にまとめ、板の間の隅に置かれた夜着の下に隠した。

忍び込んだ不心得者が盗み出すとしたら、刀と米のどちらを選ぶだろうか。

そんなことを考えながら、重信は座敷の戸を閉めた。


小野川温泉の泉質は硫黄泉《いおうせん》、源泉温度八二度の透明な湯は糖尿病、皮膚病、婦人病などに効能があるとされている。

とりわけ有名なのは共同浴場の『尼湯《あまゆ》』で、承和《しょうわ》三年（八三六）に父を訪ねる道中で病に倒れた小野小町が薬師如来《やくしにょらい》の導きで開湯《かいとう》し、三週間で平癒《へいゆ》したとの由来《ゆらい》を持つことから小町の湯の異名《いみょう》で崇《あが》め奉《たてまつ》られている。今宵《こよい》もまた、伝説の美女の玉の肌とみどりの黒髪にあやかろうという女性の湯治客で、引きもきらない模様だった。

独り旅であれば、老若の女性との混浴も一興であろう。同性でも、見知らぬ同士の裸の付き合いは旅情をそそるものである。

しかし、男女連れで共同浴場というのは、いささか照れ臭い。

重信が『扇屋』を選んだのは、内湯が設けられていると聞いたからだった。広々とした湯舟は湯治場の大きな魅力だが、美里の肌身を他の男の目に触れさせるには忍びない。

(それもまた、男の傲慢さだろうか)

苦笑しながら庭に出た重信は、袴の紐を解き、墨染《すみぞ》めの小袖を脱ぐと、おろしたての六尺褌《ろくしゃくふんどし》と一緒にひとまとめにして小脇に抱えた。

内湯といっても後の世の湯屋《ゆや》のように木材を組んだ湯舟が据え付けられ、蒸気を逃さない仕切りが設けられているわけではない。敷地内に掘られた、野天風呂だ。

脱衣所があるわけではないので、脱いだ着衣は湯気で湿らない、思い思いの場所に各自で置く。きちんと畳まれた絞りの小袖と細帯は、岩陰の目立つ場所にあった。湯《ゆ》壺《つぼ》のどこにいても目の届く場所のほうが、盗難を防ぐには都合が良いのだ。

美里の用心深さに感心しながら、重信は自分の着衣を並べて置いた。

四月とはいえ、夜の冷え込みは厳しい。頑健な肉体も、寒さに遭えば粟立つのは常人と変わらない。熱い湯に肩まで浸かった重信は、安堵の表情を浮かべた。

「重信さま」

湯煙の向こうで、美里が呼んでいる。

透明な湯を通して見える、柔らかな女体が目に眩しい。

重信が動いた弾みで、岩風呂にさざ波が立った。

上を向いた乳房が、下腹部の淡い茂りが湯にたゆたう。

月明りの下、おぼろげな裸身の美しさに、重信は思わず見惚れた。初めて目の当たりにする、想い人の生まれたままの姿であった。

美里は、いわゆる柳腰《やなぎごし》ではなかった。肥満しているわけではないのだが、胸と臀《しり》が大きければ腰回りもふとめで、腹にも心持ち、たるみがある。

これらの要素は美点でこそあっても、決して、その女性の魅力を損うものではない。

いわゆる太り肉《じし》に惹《ひ》かれる男は、女体に安らぎを求める。細身の女性が漂わせる扇情《せんじょう》の誘惑とは違う魅力、全身を包み込まれるような安堵感ゆえに、豊満な肢体《したい》に心焦がれるのかも知れなかった。重信が美里に求めたのもまた、安らぎであった。

むろん、自分だけが快楽を貪《むさぼ》ろうという気は毛頭無い。だから湯の中で体に触れることはしない。十分に間合いを取りながら、彼女が徐々に高まってくるのを待った。

しかし、硫黄泉は熱い。

肩まで湯に浸かり、控えめに視線を交わしているうちに、二人は耐え切れなくなった。

「……出るか」

「は……はい」

慎《つつし》みのある声で答えた美里を、これ以上のぼせさせてはならない。

先に立ち上がった重信が、不覚にもよろけた。

湯あたりしかけていたのは、重信のほうだったのである。

「重信さまっ」

無意識に伸ばした右手を、美里がつかんだ。

転倒を免れた重信は、掌に柔らかな感触を覚えていた。よろけた弾みで、美里の乳房に触れていたのである。まるみを帯びた双丘は、片方だけでも掌に余るほど大きかった。

「す、すまぬ」

慌てて、重信は手を離そうとした。しかし、美里はそのまま動かない。

「いいのです」

うつむいたまま、恥ずかしそうに美里は言った。

「もう少し、このままでいて……」

速やかに湯から上がった重信は、まず広げた小袖を肩に掛けた。むき出しの臀と陰部を隠しながら、そそくさと褌を着ける。

背後の衣擦《きぬず》れが聞こえなくなるのを待って、重信は背中越しに問うた。

「振り向いてもよいか」

「はい」

美里の微笑みが、両の瞳に映じた。

しっとりと湿った美顔が、月光を浴びて光り輝く。

堪らず、重信は湯上がりの女体を抱き締めた。

単衣越しに伝わってくる、確かな量感と火照《ほて》りを全身で受け止めながら、重信はかつてない高ぶりを覚えていた。

座敷に戻った重信は、燭台《しょくだい》に火を点《とも》した。

淡い明りの中に、向き合った二人の姿が浮かび上がる。

肩に腕を廻して、重信は美里を抱き寄せた。

伝わってくる温もりを感じていると、きつく目を閉じた美里は赤ん坊が乳を吸うかのようなしぐさをした。くちびるを、求めているのだ。

そっと口唇を触れ合わせた二人は、しばらくの間、そのままでいた。

美里の頬に、赤味が増していく。黒子《ほくろ》のひとつひとつさえ、はっきりと見て取れる。

触れるものすべてが、愛おしい。

「……帯、解いてください」

恥ずかしそうに告げられ、重信は美里の腰に手を伸ばした。

白い、豊かな裸身が露《あらわ》になった。

まるい乳房は大きいばかりでなく、掌で掬《すく》い上げられるほど柔らかい。薄い肌色の乳首に触れると、美里はきゅっと眉根《まゆね》を寄せた。

口を吸われるのも、肌身に触れられるのも、初めての体験だった。

鬼松の剛力を知らぬ者は村にはいない。半殺しにされる危険を冒してまで、彼女を誘う若者は皆無だったのである。

床に横たわらせた美里の五体は、緊張で硬くなっていた。

膝も、きつく閉じたままである。

愛しい男が相手と分かっていても、どこか恐いのだ。

しかし、懸念《けねん》は無用だった。

速やかな挿入《そうにゅう》と数多くの律動《りつどう》こそが、男の逞しさを示すことだと思い込んでいる手合いが多かったこの時代に在って、重信は互いに触れ合い、女体の高まりを肌で感じ取ることに寝屋《ねや》の歓びを覚える質《たち》であった。殊更《ことさら》な技巧を凝《こ》らす必要など、有りはしなかった。

（素敵……）

美里は、陶然《とうぜん》としていた。

どこまでも、重信が真剣だったからである。

抱き締めながら口を吸い、呼吸が荒くなってきた頃合を見計らって、張りのある内腿に手を伸ばす。そして十分な湿りを帯びてくるまで、飽くことなく愛撫《あいぶ》を続ける。

触れ合う肌身を通じて、男の紛《まご》うことなき高ぶりが伝わってくる。

それが、何よりも嬉しかった。

いかに巧みな愛撫といえども、男が無理をしていると感じた途端、女は興が醒《さ》めるものである。からくり細工のように、規則正しく手指を動かされたところで、法悦《ほうえつ》境《きょう》に至れるはずがない。少なくとも、美里はそういう質であった。

（重信さまも感じてくれている。私の体に、感じてくれている）

その自覚が、彼女に心底からの快感を、充足をもたらして止《や》まないのだ。

「参るぞ」

荒い息をつきながら、重信が耳元でささやく。

美里は、無我夢中でうなずいた。

そっと男が腰を沈めた瞬間、彼女は眉根をきゅっと寄せた。熱いものに満たされていく感触に、痛みに勝る満足感を覚えていた。

悦びに満たされていたのは、美里だけではない。

切なげに収斂《しゅうれん》するその感覚は、重信がかつて体験したことの無いものだった。

何もかも、彼女の内に吸い込まれてしまいそうなほどの快感だった。

抑え切れずに精を放った刹那、二人は固く抱き合った。

無意識に腰を反らせながら、互いの体にきつくきつく、しがみつく。

身も心も、全てが一瞬にして満たされていく想いであった。

六

「おぬし、林崎の弟子だそうだな」

「そうだ」

野良仕事の手を止めた鬼松が胸を張って答えた瞬間、冷たい感触が走った。

視線を下げると、野良着の胸元がざっくりと裂けている。

激痛が巨体を貫いたのは、しばしの間があってからのことだった。

「大事な者を失う辛さ、まずは味わわせてくれようぞ」

それは斬った相手ではなく、この場にいないことが分かっている、重信に対して告げた言葉であった。

温泉宿で連日、美里と睦《むつ》み合っているのを確かめた上で、千之丞は村にやってきたのだ。

美里とかいう女の命を手始めに奪ったほうが、一層、重信を打ちのめすには効果があるのだろう。しかし、いかに惚《ほう》けてはいても、奴が一緒では容易に手出しできない。だから千之丞は、鬼松に狙いをつけたのだ。

「てめえ！」

髭を朱に染めた鬼松は、怒号もろともに鍬を振り上げる。

次の瞬間、その太い首筋に、非情な二の太刀が食い込んだ。

重信と美里が二日ぶりに戻ってきた時、鬼松はすでにこと切れていた。

なっていた。

よほど奮戦したに違いない。村人たちが運び込んできた死体は、体中が血まみれに
十年前の無頼漢だった当時ならばともかく、ここまで非道な殺し方をするほど鬼松を憎んでいる者など、いるはずがない。

「どうして……兄ちゃが……」

号泣する美里を抱き止めてやる以外、重信は為す術を知らなかった。

重信は、凝固《ぎょうこ》した血がこびりついて取れない鬼松の顔を手ぬぐいでそっと覆った。

自慢の髭が赤黒く固まっている。

無惨な死に顔を、これ以上は晒しておくに忍びなかった。

自分が村を留守にしなければ、このようなことにはならなかったものを。

激しい悔恨《かいこん》の念に苛《さいな》まれながら、重信はこみあげる怒りを抑えようが無かった。

刺客は、手がかりひとつ残していなかった。

しかし、村人の誰にも気づかれぬ間に現れて鬼松を手にかけ、風の如く去った斬殺者の正体に、重信は気づいていた。

肉厚の短刀を鋭く打ち込む業前《わざまえ》、そして、鬼松を標的に定める動機の持ち主。

(坂上千之丞……)

思い当たる相手は、ひとりしかいない。

あの若者と自分は、今までは対等の立場であった。

重信も千之丞も、互いに父を討たれた同士。再び刃を交えた時、敗れて死したとしても文句は言えない。重信は、そう覚悟を決めていた。

だが、もはや違う。

坂上千之丞は、鬼松を手にかけた。

仇である重信本人ではなく、無関係の人間に刃を向けて、非情にも命を奪ったのだ。

（許さぬ）

怒りに燃えれば燃えるほど、重信の心は冷たく沈んでいった。

やはり、自分は幸せを求めてはならない身なのかも知れない。

美里との縁談を熱心に勧めてくれた鬼松は、あっけなく命を失ってしまった。兵法とは無縁の農民として田畑を営み、この世に益を為す存在として、天命を全うできるはずの男だった。

その鬼松を死に追いやった責は、すべて己に帰する。

重信は冷えた眼差《まなざ》しを虚空《こくう》に向けると、静かに立ち上がった。

「重信さま！」

追いすがる美里に背を向けて、重信は無言で歩き出した。

温泉に出かけた時の旅支度が、このような形で役に立つとは思ってもみなかった。

重信をよぶ美里の声が、全身に絡みつく。

しかし、行かなければならない。

鬼松の仇を、討つ。討たねばならぬ。


家を出て、憤然と歩を進める重信の背に、声をかけてくる者がいた。

「先生、林崎の先生よぉ！」

追ってきたのは美里ではなかった。大太刀を譲ってくれとしつこくせがんでいた、名主の三男坊である。どことなく新之助を思い出させる、いまどきの若者だった。

「出ていきなさるんか」

背中を向けたまま、重信は低い声で答えた。

「拙者《せっしゃ》は、この村に居ってはならぬのだ」

その答えが重苦しい響きを帯びていることにも気づかず、若者は問うた。

「先生の大太刀、やっぱり売っちゃもらえねが」

「刀など、持たぬほうがよい」

「だけんども」

「刀槍など振り回すよりも、鋤鍬で田畑を耕すほうが、よほど価値があるはずだ。それが分からぬのか」

重信はゆっくりと向き直った。鋭い視線に射抜かれた若者は、一瞬で沈黙した。

「お前などが合戦場に行って、何ができるというか」

「……………」

「鬼松でさえ、斬られればああなるのだぞ」

答えられない若者に向かって、重信は静かに頭を下げた。

「美里の行く末が立つように、よしなに取り計《はか》ろうてくれ」

そう言い置くと、重信は再び背を向けた。

その背に、若者の真摯な声が追い縋った。

「先生、ひとつだけ教えてけろ」

答えぬ重信に、若者は重ねて問う。

「おらがそん刀を持っていても、ほんとに役に立たねえが？」

重信は、歩みを止めた。それだけの重みが、若者の口調には込められていた。

「……なぜ、そのようなことを」

背中で聞いた重信に、若者は答えた。

「伊達の殿様が最上さ攻めたら、この村も合戦さ巻き込まれる。そん時は、おらたち若いもんが戦わなきゃならねぇだ。どうしたって、腕を鍛えなくっちゃなんねぇだよ」

「………」

重信は、しばし黙ったままでいた。

左腰に帯びた大太刀が、ずしりと重い。

この重量感をものともせず、生涯の道連れとするのが兵法者の宿業である。

いかに決意が硬くても、兵法者ならぬ身に渡すわけにはいかない。

だから、重信は二度と振り向かなかった。

「先生！」

悲痛な響きに満ちた声を背に、重信は歩き出した。

迷いなき歩をすすめながらも、重信は熟考していた。先ほどの若者の言が、重信の心を捕えたのだ。

己は確かに兵法者である。そして、戦国乱世には兵法者だからこそ成さねばならぬことがあるのではないか。

（この有り様《さま》ではいつ、母上の墓所まで蹂躙《じゅうりん》されるやも知れぬ）

若者の真摯な思いが、復讐の念に我を忘れかけていた重信の頭を冷やしたのである。

鬼松だけで犠牲者が途絶えるほど、乱世は甘くない。

最上家、天童家、そして伊達家の三強が激突すれば、この東北の地で大きな戦《いくさ》が始まるだろう。

武士が幾人討ち死にしたところで、重信が関知するいわれは無い。

しかし、無辜《むこ》の庶民が戦火に巻き込まれ、家財を、果ては命まで奪われるのが合戦の常である。

流浪の身として行き過ぎる土地ならばともかく、郷里が無用の戦火に晒されるのを黙って見過ごすわけにはいかない。この出羽は、重信にとって唯一無二の故郷の地なのである。

合戦で被害を被《こうむ》るのは、生者だけではない。

地下に眠る死者でさえ、無遠慮な馬蹄《ばてい》に墓所を壊され、安らかな眠りを妨げられるのは避けられないのだ。

どうすれば、出羽国を群雄割拠する権力者たちが引き起こす戦火から守り、亡き母に永遠の安寧《あんねい》をもたらすことができるのか。

自分が為すべきことを、始めなくてはならない。
重信の双眸に、もはや迷いの色は無かった。

第五章　最強の刺客

一

山形城に戻った坂上千之丞は、素知らぬ顔で義光の傍近くに仕えた。

剣術の朝稽古で組太刀の相手を務めるのに始まり、日中に義光が政務を執っている最中にも傍らから離れない。就寝するときも奥座敷に隣接する控えの間で休み、事あらば即座に駆け付けることができるように、備えを怠らなかった。

先日の襲撃で手傷を負った助左衛門と三郎左衛門も、どうにか起きられるようになってはいたが、陰日向《かげひなた》の無い千之丞の忠勤ぶりに安堵した義光は、二人にしばらく静養することを命じている。稽古相手から外したのも、温情ゆえの措置であった。

しかし、お株を奪われた形の小姓たちにしてみれば気が納まらない。夜ともなればお互いに私室を訪ね合っては酒を酌み交わし、あれこれ不平を並べ立てるのが習慣になっていた。

独り身の若い家臣たちは、曲輪内《くるわうち》の組長屋《くみながや》に一棟ずつ住む場所を与えられている。賄《まかな》い付きで、夕餉は台所頭《だいどころがしら》配下の郎党《ろうとう》が各棟に運んでくれる。自炊の手間がからぬのは楽だが、さすがに寝酒の面倒までは見てもらえない。組長屋に住まう若い家臣たちは、自前で用意した徳利に買い置きをしておいて、肴なしの空っ酒で済ますのが常であった。

「……得心《とくしん》できぬな」

茶碗酒をあおりつけた助左衛門は、おもむろに脇腹を押さえた。先日折れた肋骨《ろっこつ》は繋《つな》がっていたが、飲み食いをするたびに痛みを伴う経験をしたことから、身に付いてしまった動作であった。

「俺もだ。あの坂上という男、どうも胡乱《うろん》な気がする」

左足をそろそろと踏み締めて、三郎左衛門が立ち上がった。袋戸棚の奥に隠してあった新しい徳利を持ってくると、朋輩の茶碗に濁酒を満たしてやる。

「これで仕舞いにしておけ。傷に触る」

「おぬしこそ、まだ稽古は控えたほうがいいのではないか？」

左足は剣術の一挙一動に欠かせない軸足である。

右足を前に踏み出すと同時に左足を十分に伸ばし、上体を安定させることで確実な斬撃と刺突が可能となるのだが、傷が完治していない状態で道場に出て、無理な屈伸を強《し》いるのが逆効果なのはいうまでもない。まして、硬太《かたぶと》りで頑健な三郎左衛門は軸足にかかる重量も大きいだけに、無理は禁物だった。

心配そうな顔を向ける友に、三郎左衛門は力強く微笑んでみせた。

「これ以上、新参者《しんざんもの》に大きな顔をさせておくわけには参らぬからの」

「うむ……」

秀麗な横顔に憂《うれ》いを見せながら、助左衛門は茶碗酒を一息に呑み干した。脇腹をさすりかけた左手を引っ込めると、決意も固く宣言する。

「しばしの間、お預けと致すか？」

「俺も、そう言おうと思っていたところだ」

助左と三左は、同時に立ち上がった。

空になった茶碗を土間に叩き付け、若者たちは迷いの無い表情でうなずき合った。

「こいつは、祝い酒に取っておこう」

栓をした徳利を指し示しながら、三郎左衛門は豪快に笑った。

坂上千之丞の出現は、最上一族の上層部にも少なからぬ動揺を与えていた。

といっても、現当主の義光を主君と仰ぐ者たちではない。

末子の中野義時を当主の座に据えることを悲願とする、先代当主の義守に与《くみ》する派閥《ばつ》が出羽国の内部に存在したのだ。

獅子心中《しししちゅう》の虫と分かっていても、義光にとって義守は実の父、義時は弟である。その命を奪うことまでは、さすがに決意しかねていた。

だが、当の二人は違っていた。義光を亡き者にしさえすれば、最上家の次期当主の座は義時に転がり込む。

実は、我が子たちの中で唯一、末の息子のみを溺愛する義守こそが、天童領との国《くに》境《ざかい》に刺客の一隊を待機させ、義光暗殺を狙った張本人であった。

隠居《いんきょ》の身の義守には、子飼《こが》いと呼べる家臣は少ない。東北の覇者たらんと志す、若き現当主の野望に共鳴する家臣が大多数を占めている、最上本家の人々にとっての義守は、敬意を払うべき対象であると同時に、事あらば誅殺《ちゅうさつ》をも厭《いと》わない政敵に他ならない。

金銭や所領で懐柔《かいじゅう》されて転んだ者もいないではなかったが、義守の走狗《そうく》の主力を成しているのは、最上一族と無縁の者たちだった。

表向きは従属する立場に甘んじながらも、義光の専横に対する反撃の刃を研《と》ぎ上げつつある天童家こそが、権力の座に妄執《もうしつ》する老人の後ろ盾なのであった。

二

義時が住む中野城は最上領に在りながら、山形城との往来が絶えて久しい。

父の生家である中野一族の代々の居城を譲られて以来、義時は兄との全面対決の機会が訪れるのを今や遅しと待ち望んでいた。

今日も、お忍びで訪ねてきた父を前にして鼻息が荒い。

「義光めの首級《しるし》、儂が直々に挙げてくれるぞ」

威勢だけは一人前だが、二十歳を過ぎたばかりの若輩の身で大言壮語《たいげんそうご》をされても家臣たちが素直に仕えてくれるものではない。

中野城が相応の軍備を整え、それなりに兵馬を揃えるに至ったのは、若きお館様《やかたさま》を支える老父の力添えがあればこそであった。

むろん、厳然たる事実から目を逸らすほど義時も愚かではない。

「そう急《せ》くものではないぞ、義時や」

「また子供扱いですか、父上」

「何事も、おぬしを最上家の当主の座に据えるためだ。親が生きておるうちは頼るのが孝行というものぞ」

「……は」

「覚えておけ。真っ向から槍を合わせて倒すだけが兵法ではない。将たる者、常に堂々と構えておれば良いのだ」

「こ、心得まする」

「良い子だ」

不満そうな顔をしていても、義時が自分を頼まなくては何もできないのを承知済みの、義守の言葉だった。

そこに、奥詰めの家士が入ってきた。

「支度が整いましてございまする」

「大儀」

一礼した家士が去ると、義守は腰を上げた。

当年五十三歳になるが、その体軀は四十代の体力を保っている。引き締まった四肢は、未だに肥満する兆候《ちょうこう》も見せていなかった。

「もうお帰りですか？」

「良いな。堂々と構えておれよ」

名残惜しそうに見送る愛息に優しく微笑み、義守は館を後にした。

家士が轡《くつわ》を取った額白《ひたいじろ》に跨がり、鞭をくれて走り出す。

見送りを断ったのは、どこか後ろめたさがあったからだった。

「義時の奴には、余計なお世話と叱られるかも知れぬが……」

苦笑まじりに、義守はひとりごちた。

「いつまでも手がかかる子ほど、可愛いものよ」

三

供も連れずに義守が向かったのは、天童家の本拠地である、舞鶴《まいづる》城だった。

四月も末となると、北国の遅い春もようやく訪れたという実感に満ちてくる。

温暖な山形盆地を拠点とする天童一族は先代当主の頼貞、そして若年ながらも名将の片鱗《へんりん》を発揮しつつある頼澄の父子の采配《さいはい》の下で、一枚岩の結束を見せていた。

天童父子にとって、最上家は不倶戴天《ふぐたいてん》の敵に他ならない。近隣の土豪《どごう》たちは皆、両家が合戦に至った時はいずれに与《くみ》するか、揃って思案投げ首の様相《ようそう》を呈《てい》していた。

まさか最上本家の先代当主が天童家と結託《けったく》し、現当主の義光を亡き者にせんと画策《かくさく》しているとは、誰も予想だにするまい。そこが、義守の狙いであった。

単騎で来訪したのも、衆目《しゅうもく》を欺《あざむ》くために他ならない。

舞鶴城の警備兵たちも心得たもので、城門前で下馬して徒歩で曲輪《くるわ》内に入っていく義守に目礼ひとつしない。当の相手が命じたことでなければ、その場で首を刎《は》ねられても文句の言えない行為であった。


「非礼の段、何卒《なにとぞ》ご容赦《ようしゃ》の程を……」

櫓門《やぐらもん》の下で待っていた天童頼澄は、平身低頭の模範とも言うべき態度で一礼した。

恭《うやうや》しく先に立って、本丸へ案内していく青年の腰の低さに、義守はいつものことながら感じずにはいられない。

(相変わらず、出来過ぎておるわい)

万事に如才《じょさい》の無い頼澄を、義守は気に入っていない。元服して間もないくせに可愛げがなさすぎると、嫌悪の念さえ抱いていた。

（やはり、子供は手がかかるぐらいのほうが良い）

そんな義守の心中を知ってか知らずか、頼澄は大広間まで案内すると席を外し、後の話は父の頼貞に一任するのが常だった。

しかし、今日ばかりは頼澄にも居てもらわねば困る。

義守の用向きは、天童家の新旧当主の同意を要する内容を秘めていたからである。


「大殿には、ご機嫌《きげんうるわ》麗しき御気色《けしき》で……」

「止《よ》せ止せ」

平伏する頼貞に手を振ってみせると、義守は上座についた。

「家中の遣い手を七名も無駄死にさせた儂のこと、さぞ恨んでおるのだろうが」

「滅相《めっそう》もございませぬ」

恭しい態度を崩すことなく、頼貞はもう一度、深々と頭を下げた。

五十の坂を越えていながら若々しい義守に対して、同年輩の頼貞は歳相応の風貌《ふうぼう》としたたかさを備えた人物であった。

頼澄に可愛げが無いのも、きっとこの父親譲りなのだろうと義守は思う。

「こたびは誠に面目《めんぼく》なく、申し開きの仕様《しよう》もございませぬ」

背後に控えた息子ともども、三たび平伏した頼貞に、義守は面《おもて》を上げさせた。

「問題は、次の手をどう打つかだ」

義守の言に、父子は真面目な表情でうなずいた。

駆け引きを抜きにした、真摯《しんし》な態度であった。

先の襲撃に際して、義守は委細《いさい》の段取りを頼貞に託《たく》している。

その結果、天童家中の腕自慢の者たちを差し向けたにもかかわらず、全員を返り討ちにされてしまったのだ。

義光暗殺は、この父子にとって、もはや他人事《ひとごと》では無くなったと言えるだろう。

「義光め、とんでもない手練を雇いおった」

淡々と、義守はつぶやいた。

「坂上千之丞と申す兵法者の技量は、並々ならぬものと見なさなくてはならぬ。あれほどの手練が二六時中、身辺を警護しておるとなると、討ち果たすのは至難の業だ」

義守は実の子を葬ることに、何のためらいも無かった。

すべては本音だからこその言動だが、義守がこのように振る舞うからこそ天童父子も与する立場上、助勢を惜しむわけにはいかないのだ。

何食わぬ顔で、義守は言った。

「新たな刺客、立ててくれぬか」

「お望みのままに」

才気走った息子が即答したのに続いて、頼貞は探るような目で問いかけた。

「して、誰を御所望《しょもう》で？」

すぐには答えず、義守は頼澄に視線を向けた。

「望み通りとの言葉に、偽《いつわ》りは無いな」

「無論にございまする」

満足そうにうなずく義守に、頼澄は悪い予感を覚えた。

調子に乗って、安請け合いをしたのではないのかと思ったのである。

その予感は、すぐに的中した。

「延沢満延《のべさわみつのぶ》に、話をつけてくれ」

「お、大殿」

あわてて息子の失言を取り繕《つくろ》いかけた頼貞に、義守は声を低めて告げた。

「まさか、否《いな》やはあるまいな」

「それは……」

「うん？」

有無を言わせぬ態度を前に、天童父子は平伏するしか無かった。

四

義守を送り出した父子は、肩を落としたまま大広間に戻っていく。

「どういたしましょう……」

頼澄は、弱り抜いた表情を隠そうともしない。青菜に塩とは、まさにこういう時の態度を言うのであろう。

「すぐに見栄を張るのが、お前の悪いところだ。天童家の将来が思いやられるわ」

苦り切った様子の頼貞だったが、揉めている場合ではないことは分かっていた。

「かくなる上は、満延を首肯《しゅこう》させるしかあるまい」

「父上……」

「将監《しょうげん》を呼べ」

大広間を飛び出して行く息子を見やり、頼貞は深く溜め息をついた。

延沢満延（信景《のぶかげ》）は、天童領と隣接する尾花沢《おばなざわ》の豪族である。父の満重《みつしげ》の代から天童家に仕える武将で、一軍の将にして一騎当千と謳《うた》われる剛力無双《むそう》の強者《つわもの》だった。

坂上千之丞という手練の護衛を一蹴《いっしゅう》し、義光の首級を挙げることも、満延ならば義守の望むままに、確実にやってのけるに相違ない。

だが、問題なのは、満延をいかにして懐柔《かいじゅう》するかである。

小なりとはいえ、延沢一族は代々の土豪。先代当主の満重が天文十六年（一五四七）に築いた延沢城を拠点とする一族の勢力圏は、尾花沢盆地一円に亘《わた》っている。

天童家の寄子《よりこ》として配下に与《くみ》してはいても、地方領主の自負を持つ以上、出兵の要請とあればともかく、刺客を命じられて素直に首を縦に振るはずが無い。

加えて、満延には兵法者の矜持《きょうじ》が有った。

諸国を流浪する武者修行の者の中には、金さえ積めば汚い仕事を請け負ってくれる輩もいるだろうが、硬骨漢《こうこつかん》の満延が金銭に転ぶとも思えない。

いずれにしても、刺客の任を務めさせるのは容易ならざることだった。

にもかかわらず、天童父子が義守の依頼を受けたのは、決して最上家の先代当主の権威に屈したからではない。

義光さえ討ち果たせば、最上家は確実に弱体化するという読み故のことだった。

年若い中野義時では、たとえ当主の座に就いたところで物の役に立たない。まして後見人が家中の支持の薄い義守となれば、最上家の支配体制が安定を欠くのは必定。

一族内部に混乱が生じれば、伊達家をはじめとする近隣の実力者たちが山形領に攻め入り、最上家を滅ぼすのは時間の問題であろう。

天童父子としては、伊達輝宗とまで事を構える積もりは無い。みじめな傀儡《かいらい》の立場から脱すると同時に、最上家の領土の、せめて一部分でも掠め取れれば申し分なかった。

いかに伊達家が強大でも、出羽全域を勢力圏に置くのは無理な話である。だから義光を討ち果たすことで実績を作っておけば、最上家滅亡の暁《あかつき》に天童家が厚遇《こうぐう》を受ける可能性も出てくる。上手く立ち回れば、最上家の領土の一部分どころか、山形から最上までの全域を支配下に置くことも、夢ではあるまい。

(ここが正念場だの)

息子の短所であると同時に、長所でもある決断の早さこそ失って久しいものの、齢を重ねてきた頼貞には策を弄《ろう》することを躊躇《ちゅうちょ》しない、狡猾《こうかつ》さが備わっていた。

今こそ、老獪《ろうかい》に立ち回るべき局面であった。

「父上」

一度、座をはずした頼澄が、四十がらみの家臣を伴って戻ってきた。

「場所を替えますかな」

頼貞の表情を見るなり、その家臣は挨拶抜きで言上《ごんじょう》した。

「ならば……」

目でうなずく頼貞と頼澄の先に立ち、男は大広間と雁行《がんこう》して並ぶ書院に向かう。委細を承知している態度だった。

この男の名は草刈《くさかり》将監。天童家を支える、辣腕《らつわん》の家老である。

諸大名家には職能に応じて複数名の家老が置かれるのが常だが、将監は参謀と言うべき立場を担《にな》っていた。彼が司《つかさど》る役儀は多岐《たき》に亘るが、共通するのはすべて隠密裏《おんみつり》に行うことを要するという一点であった。

いかなる汚い仕事も、躊躇せず遂行せしめる。公《おおやけ》には誇りかねる才能だが、戦国乱世の武将が擁《よう》する家臣団に、このような職能を有する者が重要な立場を占めていたのは事実。天童家においても、例外では無かった。

「なるほど」

明り取りの障子《しょうじ》まで締め切った書院に座し、天童父子の用向きを聞き終えた将監は腕を組んだ。驚いた様子は見せなかったが、さすがに即座に策を講じるのは至難であるらしい。

半眼《はんがん》になって黙考する将監を前にして、頼澄はそわそわと落ち着かなかった。一方の頼貞は安心した顔で、答えが出るのを待っている。

やがて、将監は目を開くと、開口一番、頼澄に向かって問うた。

「……若殿は、孫子《そんし》の兵法をご存じですな」

「うむ」

自信なさそうに答えた頼澄に、将監は告げた。

「兵は詭道《きどう》なり、と申します」

「きどう？」

天童家の策士《さくし》は、意味ありげに微笑んだ。

五

尾花沢の延沢銀山に、一人の男がいた。

年の頃は三十歳前後か。とにかく、背が高い。

昼下がりの陽光を全身に浴びながら、険しい切り通しを黙々と歩いていく男の身の丈は七尺（約二一〇センチ）を下るまい。成人男性の平均身長が五尺三寸（約一五九センチ）前後だった近世でなくとも、常人離れした巨漢《きょかん》であった。

　身の丈が七尺に達する巨漢の兵法者といえば、江戸の世の末期に筑後国柳川《ちくごのくにやながわ》藩で剣《けん》槍術師《そうじゅつし》範《はん》を務めた大石進種次《おおいしすすむたねつぐ》が知られている。

　天保《てんぽう》四年（一八三三）に藩命を奉《ほう》じて江戸に乗り込んだ大石は名門道場の剣士たちを連破し、かの勝海舟《かつかいしゅう》をして「御一新《ごいっしん》の騒動より以上」と評されるほど旋風を巻き起こした。成人男性の平均身長に匹敵する五尺三寸の長竹刀《ながしない》を自在に操り、幕内力士をも投げ飛ばす膂力《りょりょく》を誇った大石の左片手突きは鉄面さえ貫き通す、戦慄《せんりつ》の威力を発揮したと伝えられる。

　今、岩山を登っていく巨漢もまた、常人には扱いかねる長大な得物を携えていた。竹刀《しない》でもなければ、本身《ほんみ》の刀でもない。八尺（約二四〇センチ）には達しようという鉄棒であった。

　八角形の打撃部分には、尖った鉄鋲《てつびょう》がまんべんなく打ちつけられている。一般に金砕棒《かなさいぼう》と称される、合戦用の長柄《ながえ》武器だった。

　南北朝の世の末に登場した総鉄製の金砕棒は、五尺（約一五〇センチ）が標準とされていた。木の棒の打撃部分のみを鉄板で包んだ合成棒ならば、七尺のものも珍しくはなかった。

しかし、芯まで鉄で作られた八尺の金砕棒とは、尋常《じんじょう》では無い。

巨漢の足取りは、見るからに重そうである。

しかし、それが重厚長大な得物のせいでないのは、すぐに知れた。

古びた山門が見えてきた。

人の出入りが絶えて久しいらしく、錠前が真っ赤に錆《さ》び付いている。

門前に立った巨漢は、無言で金砕棒を振り上げた。優に二貫《かん》(約七・五キログラム)を越えているはずの重量を、まるで感じさせない。

棒身が軽やかに躍り、鉄錠を粉砕《ふんさい》したのは一瞬後のことであった。

「……脆《もろ》いものだな」

きしむ山門を押し開きながら、巨漢はひとりごちた。門構えごと破壊し尽くしてしまいたい気分が、暗く沈んだ表情に満ちていた。

板壁で仕切られた門内には、作業場と思《おぼ》しき小屋が建っていた。

その奥に、幾つかの坑道が見える。いずれも、入口を岩で塞《ふさ》がれていた。

秋田郡《あきたこおり》の大葛《おおくず》に早口《はやぐち》金山、山本郡《やまもとごおり》の水沢《みずさわ》銀山など、出羽には金銀の産地が数多い。

ここ尾花沢の延沢銀山も、かつては一大産地として知られた土地である。

しかし、往年の景気は見る影も無い。

天文《てんぶん》二年（一五三三）に唐土《もろこし》から伝来した灰吹法《はいふきほう》の普及に伴い、純度の向上と大量生産が可能となった銀は、外国貿易向けの輸出品として大いに注目されていた。

それまで、輸入元の国々で再錬しなくては用を成さなかった日本産の銀の評価が高まった結果、銀山を保有する大名が増産を推《お》し進めたのは言うまでもない。

だが、そこには自ずと限界があった。鉱脈そのものが枯渇《こかつ》していなくても、肝心の山を運営する余裕を失っては、どうにもならない。

廃坑《はいこう》のやむなきを得て久しい銀山を見やり、巨漢は嘆息《たんそく》した。

延沢満延、三十歳。

三十人力と謳われる豪勇《ごうゆう》の士であり、この延沢銀山を資金源に一族代々の繁栄を築いてきた、名門豪族の当主であった。

無人の廃坑を前にして、満延は淡々と金砕棒を振るった。

続けざまに空気を裂く棒身が西陽を照り返し、鈍色《にびいろ》の光を放つ。

俗に、金砕棒の遣い手は十人力と言われる。

満延が三十人力と称されるのは、総鉄製の棒が通常の二倍三倍にも相当する、恐るべき威力を秘めているからに他ならない。

金砕棒は一撃で甲冑《かっちゅう》の上から骨を砕き、頭を打てば致命傷に至る。木の棒を鉄板で補強した仕様の合成棒が相手でも、正面から立ち向かうのは至難の業なのだ。芯まで鉄で作られた満延の棒は、苦痛を覚える間すら与えずに人体を粉砕する。身の丈七尺の巨漢だからこそ可能なことであり、常人の域を越えた荒技であった。

心の内の屈託《くったく》を振り払うかのように、満延は棒を振るい続けた。

稽古というには余りにも凄絶な、鉄棒の唸りが岩山に鳴り響く。

と、そこに拍手が聞こえてきた。

「御見事、御見事」

無邪気に両手を打ち合わせながら歩み寄ってくるのは、草刈将監だった。

いつの間にここまで登ってきたのか、朽ちかけた小屋の後ろから現れた将監は、明るい口調で満延に呼びかけた。

「おぬしならば、今弁慶《いまべんけい》と名乗っても良いのではないか」

「……立ち往生しておるとでも、仰《おっしゃ》りたいのか」

鉄棒を下ろした満延は、憮然と横を向いた。

人を食ったような、裏を返せば相手を見下《くだ》しているのが明らかな将監の態度は、幾たび接しても好きにはなれない。

拍手を止めた将監は、満延の正面に立った。

気に入らない相手とはいえ、延沢家にとっては主筋に当たる天童家の重臣が訪ねてきたとなれば、話を聞かないわけにはいかない。

不承不承《ふしょうぶしょう》、満延は口を開いた。

「頼貞殿の懐刀《ふところがたな》と名高い貴公が、何の御用ですかな」

「そのように生硬《せいこう》だから、おぬしは世渡り下手と申すのだ」

「稽古の邪魔をされては、愛想良くとは参りませぬ」

「わざわざ、こんな廃坑に罷《まか》り越してか？」

「拙者の棒の威力は、生半可《なまはんか》ではござらぬ。余人《よにん》の居る所では、危険ですからな」

「なるほど」

皮肉に笑いを浮かべながら、将監は言った。

「まだ、未練があるのではないかな」

「何と申された」

「いずれの坑道も掘り尽くしたわけでは無いのであろう。願わくば、この延沢銀山を再興したい。違うか？」

満延は、また横を向いた。図星《ずぼし》を刺されたことに、動揺を覚えていたのである。

資金源の銀山が閉坑のやむなきを得て以来、延沢家は経営難にあえいでいる。

乱世に在って、十分に兵馬を養うのもままならない状況が続いていては、領土を拡大するのはおろか、尾花沢の自領を維持することさえ難しい。このまま天童家に従属する立場に甘んじて、細々と命脈《めいみゃく》を保つしか道は無かった。

小なりと言えども一族の当主である満延にとって、自立自営のままならない現状が、不本意なのは当然だった。

この現状を打破するために、喉から手が出るほど銀が欲しい。

しかし、自領内に銀山を抱えてはいても、採掘と精錬に不可欠な専門の技術者を招聘《しょうへい》するための元手が無くては、宝の持ち腐れに等しかった。

笑みを絶やさぬまま、将監は重ねて問うた。

「再興したいのであろう」

対する満延は巌《いわお》の如く微動だにせずあからさまな侮蔑に黙して耐えていた。

答えられない相手を、将監は嫌らしくねめつける。

「どうなのだ、ん？」

満延も将監も、供を連れていない。

一対一で対峙した時、膂力の優れた者が常に勝利できるとは限らない。天童の家中で随一の策士は、狡猾に立ち回ることによって体力の格差を補う術を心得ていた。

　ついに、豪勇の士は折れた。

「……可能とあらば、今、すぐにでも」

　筋骨逞しい五体に、屈辱感が満ち満ちている。

「その言が聞きたかったのだ」

　一転して、将監は真面目な顔で告げた。

「延沢銀山再興の儀、叶《かな》えて遣わす」

　満延は、まっすぐな視線を将監に向けた。信じられないという表情を浮かべている。

「大殿の御内意は得ておる。むろん、若殿に否やは無い」

「真実でござるか？」

「おぬしの働き次第、ということになるがな」

「尾花沢の所領を安堵していただけるのであれば、何なりと」

「宜《よろ》しい」

　微笑みを浮かべながら、将監は言った。

「最上義光を討て」

「……草刈殿？」

思わず、満延は相手の顔を注視した。

目元の筋肉を緩めてはいても、将監の両の眼は笑っていない。

言葉を失った満延の耳に、有無を言わせぬ声が響いた。

「否やはあるまいな」

「………」

満延の顔を、太い汗が伝って流れる。

最上家の現当主が、天童父子にとって今や不倶戴天の敵なのは承知している。

義光を亡き者にして、最上の属国という立場を脱したいと切望する天童家は、延沢一族の主筋である。

この命《めい》を拒めば、天童家がどう出るかは明らかだった。

いかに三十人力の豪勇の士でも、数千の兵を相手にすることは不可能である。

地下深くに眠っている銀も、ただ一振りの金砕棒では掘り出せない。

しかし、いかに東北の覇者と目《もく》される勇将が標的といえども、鍛え上げた満延の腕を以てすれば仕留めるのは容易であろう。

(我が兵法を、暗殺に用いて良いのか？)

その懊悩《おうのう》を見透かしたかのように、将監は言った。

「今年は旱魃だそうな。義光めを滅して尾花沢の民が救われるとなれば、それも大義と言えるのではないかな」

諭《さと》すというより相手の表情の変化を楽しむための言葉であったが、正鵠《せいこく》を射ているのも事実だった。

延沢家の現状では兵馬はおろか、領民たちまで飢えさせることは目に見えている。領主としての責を果たすには、銀山の再興は急務以外の何物でもない。

「やってくれるな」

悪《あ》しき謀計《ぼうけい》に、満延は首肯した。

六

その夜、延沢城を七騎の武者が発《た》った。

先頭を往くのは並の馬よりも二回りは大きい、奥州黒《おうしゅうぐろ》である。胴回りの太さ、そして肩肉と琵琶《びわ》股の逞しさは、伴走する悍馬《かんば》の群れの中でも際立っていた。

身の丈七尺の巨漢を乗せていても、いささかも見劣りしない。

馬上の延沢満延は、最上胴《もがみどう》を着けていた。

室町の世の最上地方にて始まったことから呼称がついた最上胴は、堅牢であると同時に軽快な運動性を追求した、初期の当世具足《とうせいぐそく》の一形態である。

南蛮《なんばん》貿易によって西欧甲冑の影響を受ける以前、鎧《よろい》の胴は小札《こざね》板と称する短冊《たんざく》形の板に孔《あな》を開け、一枚ずつ繋《つな》ぎ合わせて製作された。小札板の素材には生革もしくは鍛鉄が用いられたが、防御性能を高めるには鉄板が望ましい。

しかし、柔軟性に欠ける鉄板を繋いだ胴は着脱しにくく、動きにくい。革板ならば一枚一枚が撓《たわ》むので、体型に合わせて微妙な形を作ることができるが、硬い鉄板では不可能である。

そこで、最上胴を生んだ東北の甲冑鍛冶たちは、鉄板の繋ぎ目を改良した蝶番式《ちょうつがいしき》にすることにより、丸みを帯びると同時に動きやすい胴を作り上げたのである。

室町の世の後期に登場した桶側胴《おけがわどう》に西欧の影響下に誕生した南蛮胴と、最初から体の大きさに合わせて鉄板を打ち伸ばす形式の甲冑が普及している昨今、最上胴は前時代の遺物と言うべきかも知れない。

しかし、武具の優劣と新旧の格差は同一ではない。満延は、そう信じていた。

愛用の金砕棒とて、今や骨董品《こっとうひん》と言うべき存在である。南北朝の動乱における白兵《はくへい》戦《せん》で猛威を振るった破壊兵器も、足軽の長弓や長槍が合戦の趨勢《すうせい》を決める戦国乱世に在ってはもはや用を成さない。

しかし、真価を十全に引き出すこともせず、古いというだけで破棄《はき》してよいものか。

要は、用いる者に合っているか否かなのだと、満延は思う。

この金砕棒を以てすれば、数十の兵を相手に戦えることを彼は知っている。

経験による裏付けを欠いた思い込みなどではなく、若年の頃から苛酷な実戦を経《へ》てきた結果として、知り得たことであった。

「天童領まで駆け通すぞ」

盛り上がった肩に金砕棒を担いだ満延は、低い声で配下の者に下知《げち》した。

天童家の出城で人馬を休ませた後、山形へ侵入する腹積もりである。

供に選んだのは、いずれも筋骨逞しい者ばかりである。一騎当千の強者揃いだった。

いかに警戒が厳重といえども、義光とて…幾百もの兵を侍《はべ》らせているわけではない。

二十や三十の護衛ならば、配下の六名で容易に制することができよう。

坂上千之丞という若僧を一蹴し、義光を仕留めるのは自分の役目。

満延は、そう心得ていた。

すべては、尾花沢の地を守るためである。

暗殺者の汚名を着ることでそれが叶うならば、手段は選ばない。

揃いの最上胴に身を固めた七騎の刺客に、迷いは無かった。

しかし、この時、夜道を疾駆する義光暗殺の一隊を、じっと見つめている者がいることに、満延は気づかなかった。


「天童家最強の勇士が、刺客を請け負うとは……」

崖の上で目を凝《こ》らしながら、男はつぶやいた。

長身痩軀《そうく》にまとっているのは、いつもの水干ではない。筒袖の小袖に胴服を重ねて野袴を着けた左腰に、大小の二刀を帯びていた。

「愚かなことよ」

逆三角形の頭を軽く振りつつ、男は面皰《にきび》の跡が目立つ顔を眼下に向けている。

成島八幡宮の神官、片倉式部であった。最上義守の不穏な動きを察知してから人知れず、式部は反義光派の面々の動向に目を光らせていたのだ。

義守の傀儡《かいらい》である天童父子が、懐刀《ふところがたな》の草刈将監を尾花沢に差し向けたところまでは調べが付いていた。将監は天童家の汚い仕事を一手に司ることで出世を目論《もくろ》む、憎むべき奸物《かんぶつ》であった。その奸物が尾花沢に出向いたということは十中八九、精強で鳴らす延沢一族に義光暗殺の白羽《しらは》の矢を立てたに他なるまい。

それにしても、豪勇の士と名高い満延が直々に出てくるとは――。

金か地位かは分からないが、よほどの見返りを呈示された結果なのだろう。

(所詮《しょせん》、権力には逆らえぬか)

唾棄した式部は、無言のまま大刀の柄に手を伸ばした。

その背中に、小声で呼びかける者がいた。

「たったお一人で、斬り死にでもされるのですか?」

大刀の鯉口を切ると同時に、式部は振り向いた。

瞳に映じた声の主は、巽新之助だった。

七

「おぬし、何をしておる」

「このところ、お留守が多いので。失礼は承知の上で、尾《つ》けさせていただきやした」

新之助は、じっと式部の目を見返す。

「余計なことを……」

舌打ちしながら、式部は再び背を向けた。

「去れ」

「師と仰いだお人を、みすみす死なせるわけには参りやせん」

新之助は、式部の背後に歩み寄った。

二人の眼下を、七騎の武者が駆け抜けて行く。

「機を逸《いっ》しましたね」

安堵した表情の若者に、式部は淡々とつぶやいた。

「今宵は国境の出城にでも逗留するのだろう。焦って襲うことはあるまい」

「どうしてそう言い切れるんですか」

「山形まで一気に乗り込むほど、無謀な真似はすまい。黒幕が天童家ならば尚のこと、慎重を期するであろうからな」

「絵図を描いたのは、あの嫌味ったらしい家老ですか？」

「顔を見たのか」

新之助は、黙ってうなずいた。

「草刈将監と申す、天童父子の懐刀よ。正しくは、前当主の頼貞の子飼《こが》いだがな。策士と言えば聞こえはいいが、要するに汚い手を好む奸物だ」

「先生の、一番嫌いな手合いってことですか」

「うむ」

ゆっくりと向き直り、式部は言った。

「これは儂の仕事だ。米沢を守るためにはやらねばならぬのだ」

「そいつは小十郎さんの役目でしょう」

「侍など、当てにはならぬ！」

式部の強い口調に、新之助は思わず息を呑んだ。

「郷士を守るために、今こそ一命を投げ打つ時なのだ」

迷いの無い顔で、式部は言った。

「最上も天童も、そして伊達も権力の座に妄執する輩に過ぎぬ。伊達の走狗《そうく》に堕《お》ちた息子を頼みにするほど、片倉式部は老いてはおらぬ」

どうして、ここまで頑《かたく》なな言葉を吐いてしまうのか。

新之助には、目の前の男が辿ってきた一徹《いってつ》な半生を想像することさえできなかった。

式部とて、最初から武家を嫌悪していたわけではない。

神官に兵法は無用と諌める父に逆らって家を飛び出し、念願の常陸国は香取の地にて剣を学んだ若き日の式部は、羨望《せんぼう》と嫉妬《しっと》の念を覚えずにいられなかった。

香取と隣接する鹿島《かしま》神宮にて祝部《はふりべ》を務める松本《まつもと》家と吉川《よしかわ》家の当主は常陸大掾《ひたちだいじょう》の鹿島家に代々仕え、宿老《しゅくろう》を兼ねている。

片倉家と同じ神官の家でありながら、大身の武士として働く特権を持つ鹿島の祝部たちを羨《うらや》み、妬《ねた》みながら式部は香取の剣を修めた。胸の奥深くに秘めた劣等感を修行に耐える原動力へと転化し、奥義《おうぎ》に達したのである。

香取神道流を修めるという当初の目的を達成した式部は、父の懇願《こんがん》に応じて、成島八幡宮の神官を継いだ。

このまま香取の地に滞在していても、得るものは無いと悟ったからである。

それから式部は人々との交わりを避け、内職の畑を営むことを唯一の楽しみに生きてきた。妻に先立たれ、息子たちが家を出てからは尚のこと隠遁《いんとん》生活に徹し、半ば世捨て人に等しき日々を送ってきた。

もしも自分が為政者《いせいしゃ》と成り得れば私欲を持たず、必ずや出羽に善政を敷いてみせるものを——。そんな叶うはずもない空虚《くうそ》な想いに囚われながら、不惑《ふわく》の齢を迎えるに至った。

伊達輝宗の求めに応じて愛息の小十郎を仕官させたのは、己の満たされぬ思いを託すためでもあった。だが、日に日に可愛げを失い、伊達の家風に染まっていく息子と接するたびに、式部は武家に対する不信感を増大させて止まなかった。

いずれ小十郎も兵法を暗殺の術に転用し、為政者の走狗として立ち回ることになるのだろう。

式部は、愛息を迂闊《うかつ》に差し出した己の短慮を悔いずにはいられなかった。

現に高潔《こうけつ》な兵法者だったはずの延沢満延さえ、天童家の悪しき思惑に乗せられているではないか。

最上義光が討たれれば、出羽一円は戦乱の巷《ちまた》と化す。

それだけは、どんなことがあっても食い止めねばならない。式部は今、ようやく己が為すべきことを見出した思いであった。

満延の鉄棒が常人離れした威力を秘めているのは承知の上である。だが、ここで満延を倒さぬ限り、義光は間違いなく討ち果たされる。そうなれば、泣きを見るのは罪無き領民たちだ。

権力者など、当てにはならない。

息子が仕える伊達輝宗とて、例外ではあるまい。最上義守と同盟を結んでいるのは周知の事実である。義光が落命すれば、即座に最上家乗っ取りに動くことだろう。

今、神官には不要なはずの刀を式部が帯びているのは、自分が捨て石となり、暗殺者の暴挙を食い止めようと心に決めているからだ。

平和を愛すればこそ、戦わなければならない時がある。まさに、今がその時なのだ。

「儂は儂の道を往く。おぬしも、好きなところへ参るがいい」

しかし、新之助は引かなかった。

「小十郎さんに奥義を伝えないで、死になさるんですか」

式部の表情がわずかに動いた。その隙を逃さず、若者は懸命に食い下がった。

「それに俺、いや、拙者だって、まだ香取の剣をあきらめたわけじゃないんですぜ」

「……聞き分けのない奴だな」

踵を返した式部を追って、新之助は歩き出した。

東の空の下、出羽三山が雄大な姿を見せ始める。いつしか、夜は明けかけていた。

第六章　豪勇・片倉小十郎

一

すでに、陽は高い。

片倉式部と巽新之助は肩を並べ、成島八幡宮の石段を昇って行く。

社の周囲には、空堀《からぼり》が設けられている。事あらば砦として戦えるように作られた空間であることを、新之助は今更《いまさら》ながら実感していた。

式部は、ただの神官ではなかった。

兵法に対する熟達の度合は、凡百《ぼんぴゃく》の武者修行者など足元にも及ぶまい。

非常時には周囲の住人たちを収容し、城郭と化して外敵を阻む成島八幡宮を司る立場としては、頼もしいこと、この上なかった。

もっとも、本人が己の境遇をどう思っているかは定かでなかった。

「いいかげんに、去ってくれぬか?」

おもむろに、式部が口を開いた。視線は、石段の先に向けたままである。

「目を離したら、あの大男を斬りに行くんでしょう」

新之助の口調に、遠慮している様子はなかった。

延沢満延が三十人力の強者であることを、新之助は知らない。しかし、身の丈七尺の巨漢が率いる鎧武者隊を相手に単独で斬り込めば、いかに式部が香取神道流の達人であっても、生還できる可能性が皆無に等しいのは明らかだった。

故に息子の名前を持ち出してまで、その暴挙を諫めたのだ。

式部の二男の小十郎は月に一度、主の伊達輝宗の許しを得て、実家に戻ってくる。

小十郎は当年十七歳。いかに天分に恵まれているとはいえ、父に学び、教えを乞《こ》うことを抜きにして、香取神道流の奥義に達することはできないであろう。

世捨て人同然の式部とて、己の極めた剣技を次代に残したいという、兵法者として当然の欲ばかりは棄《す》て切れていない。小十郎に熱の入った稽古をつけるのも、息子可愛さゆえではなく、天賦《てんぷ》の才を見込んでいるからに他ならないのだ。

息子の剣技が未完成である以上、式部は伝承者の役目を放棄《ほうき》するわけにはいくまい。

そう判断した新之助の策は、吉と出た。

むろん、式部に死に急がれて困るのは小十郎だけでは無かった。

「ここまでねばったのに、先生に死なれてしまったら、かないませんよ」

「………」

新之助の言には答えず式部は押し黙ったまま歩を進めて行く。

足並みを合わせながら、新之助はふと、空を仰ぎ見た。

木漏れ陽が眩しい。

木々が芽吹く季節を迎えた今、一人の男が死に急ごうとしている。

正直なところ、一命を捨ててまで義光暗殺を阻止しようという式部の心持ちが、新之助には理解できない。

むろん義光が討たれることで出羽国内に群雄割拠する諸大名間の均衡が崩れ、合戦が勃発するのが望ましいとは思わない。

しかし下剋上《げこくじょう》が習いの乱世に在って権力者同士が殺し合うのを止めようと欲する式部は、愚者《ぐしゃ》に等しいと思わざるを得ないのだ。

戦乱の巷《ちまた》と化して久しい西国で生まれ育った新之助は、合戦が悲劇の源《みなもと》であるという自明の理を、骨身に染みるほど理解している。

自分の親しい人々が戦火に見舞われ、敵勢による乱取りの標的にされれば刀を抜きもしよう、死を厭《いと》わずに戦いもしよう。

だが、式部のように一命を捨てて大義に殉《じゅん》じたところで、権力の座に執着する輩の抗争が止むはずもあるまい。

天下統一の大望を掲げる有力大名が上洛《じょうらく》の機を窺《うかが》い、権謀術数と武力を以て鎬《しのぎ》を削る様を実際に見聞きしてきた新之助は、少なくとも二十年か三十年は、戦国の乱世が終焉《しゅうえん》することなど有り得まいと思っていた。

問題は打ち続く乱世をどう生き抜くかであって、死に急ぐことではない。

義光が死のうが生き長らえようが、最上、天童、伊達の三強が激突するのは時間の問題。この東北の地が戦禍《せんか》に巻き込まれるのが不可避ならば、今、式部が自らの生命を投げ打つのは無価値であり、その行動は愚行《ぐこう》である。

式部と延沢一党が共倒れになったところで、出羽の権力者たちは痛痒《つうよう》も感じるまい。

暗殺という手段では埒が明かぬと判断した天童家は兵を挙げるだろうし、最上家は全面抗争を受けて立つだろう。そして、伊達家は最上と天童の双方が疲弊《ひへい》したところを狙って攻め寄せ、出羽一帯を手中に収めるに相違ない。

軍学の心得が無い新之助にも、容易に予測できる事態だった。

どのような見返りを条件に刺客を引き受けたかは知らないが、延沢満延は天童父子にとって、使い捨ての手駒に過ぎない。

その満延を倒そうと志す式部を愚かと言わずして、何としよう。

攻守の双方が踊らされている現実を前に、新之助はただただ腹立たしかった。

いっそのこと、好きにすればいいとも思う。

しかし、同時に、こうも考えずにはいられないのだ。

（餓鬼《がき》だらけの世の中に、こういうお人がいるとは、まだまだ捨てたもんじゃない）

それほど、片倉式部とは、新之助に興味を抱かせる人物だった。

式部は香取神道流の伝承者であるという価値にも増して、理屈抜きで肩入れしたくなる魂の熱さを内に秘めた漢《おとこ》であった。

新之助はもう一人、こういう人物を知っている。

権力に与《くみ》することを好まず、世の片隅に埋もれながらも己の生き方を貫いて飄々《ひょうひょう》と世を渡る、栄光なき武人。この若者が唯一の師と仰ぐ林崎甚助重信もまた、戦国乱世を愚直《ぐちょく》にしか生きられない漢であった。

重信と式部は、どこか似ている。だからこそ、心惹かれたのだと新之助は思う。

二人は、同時に石段を昇り切った。

「頑固な男だな」

境内を歩きながら、式部はおもむろに問うた。

「どうして、そこまで剣を学ばんと欲するのか」

「俺には、この道しかない。そう心に決めておりやす」

「二十も半ばを過ぎて、夢を追うのは見苦しいと思わぬのか」

新之助は、素知らぬ顔で聞き流した。

重信も式部も、その性格にはいささか生硬な部分がある。

時として挑発とも受け取れる言葉を弄《ろう》するのは、悪意からではなく、不器用さ故のことと新之助は理解している。

先に重信と知り合っていなければ、式部の許に逗留するのは難しかったであろう。

果たして、式部は薄く笑った。

この無愛想きわまりない男の笑顔を新之助が見たのは、初めてのことだった。

「小十郎の他に、儂にここまで指南《しなん》を強いたのは、おぬしが初めてだ」

思わず歩みを止めた若者に向き直り、式部は言った。

二

昼下がりの境内に、他の人影は無い。

静かな足取りで、式部は境内の中央に歩み出た。

剣術であれば、木剣を用意した上で、新之助に相手を務めさせるはずである。

単独で技を行うとなれば、自ずと演武の内容は決まってくる。

(居合か)

新之助の興奮が、一気に高まった。

剣術の各流派に居合の技が含まれるのは、香取神道流に限られた話ではない。合戦場において実用に供するのを前提に体系化されている以上、白兵戦で敵と対峙した時に一挙動で刀を鞘走らせる術が求められたのは、必然のことだからだ。

しかし、誰もが知っていたわけではない。剣術流派の居合は高位に達した修行者のみに伝えられる秘事であり、門外の者に対して気安く見せられるものではない。

むろん、新之助が目の当たりにするのは初めての経験だった。

他者の演武に接することを指して、見取り稽古という。

見取り、とは文字通りに見て取る、平たく言えば盗むのである。

どうして、見て盗まねばならぬのか。

まずは、新之助が今どのような立場なのかを知らなくてはならない。

式部は、この若者に香取神道流の一手を見せようとしている。だが、あくまでも見せるだけであって、手ずから指南しようというわけではないのだ。

決して新之助を認めていないわけではない。それどころか、一介の門外漢に過ぎぬ若者にとって望み得る、最大級の特権を与えたと言っても過言ではないだろう。

同一の流派を学ぶ同士でも、見取り稽古はきわめて重要な意義を持つ。

同じ技、同じ動きであっても、長年の修行を経《へ》た者と初心者を比べれば大きな差があるのは言うまでもないことだが、総体の評価としては同じ水準に達した者同士でも、一つの技を成す動作を事細かに見比べれば、同等ということはあり得ない。

同様に、修行年数の少ない者であっても、個々人の努力と才覚故に傑出《けっしゅつ》した部分が必ず見出される。全体の動きこそ荒削りでも、攻めには気迫がある、腰が据わっているなど、自分よりも優れていると感得した部分があれば、謹《つつし》んで手本としなくてはならない。

そう師から勧められ、向上心を抱いた修行者は熱心に、そして貪欲に見学の機会を求める。同流の修行者同士で互いの技を見せ合い、交流し、技術の上達を図ることが、門流全体の底上げにつながるからだ。

しかし、異なる流派の技に接する機会となると、そう簡単には得られない。

新之助が式部のすぐ面前で、一対一での見取り稽古を許されたのは、まさに破格《はかく》の待遇といえるだろう。

（盗ませてもらいますぜ）

新之助もまた、向上心に満ちた修行者の一人であった。

今こそ小十郎に一歩近付く、千載一遇《せんざいいちぐう》の好機と心得ている。

直門の弟子であっても、技は一から十まで教えてもらえるものではないという自明の理を、新之助は知っている。

かつて、重信はこう説いたものである。

『師弟の間柄なれば、技の流れは教えてやる。だが、真に完成された技の動きを会得《えとく》するには些細《ささい》な機会も逃さず、師の一挙一動を見て学ぶ、いや、盗む以外に無いのだ』

新之助が身に着けた七本の居合形は、まだ完成には至っていない。重信が稽古しているところを覗き見ようとするたびに勘づかれ、追い散らされるからだ。

重信の許から去った動機のひとつには、なかなか技を見せてくれないのに嫌気が差したこともあったのかも知れない。新之助は、そう痛感せずにはいられなかった。

(結局のところは、甘えていたのだ)

もう一度、師と出会えたならば、新之助はいかなる詫びでも入れようと思った。

「よそ見はするなよ」

不意に、式部が呼びかけてきた。

「二度とはやらぬ。よく見ておけ」

一言告げると、式部は石畳に座した。

正座ではない。

後の世で居合膝と呼ばれる、甲冑を着けた武者が陣中で座る時のような、左脚を臀《しり》の下に完全に折り敷いた姿勢とも些《いささ》か異なる。

左膝を地に突いて背筋を伸ばし、立てた右膝の真上に肘《ひじ》がくるように半身となった、見慣れない格好であった。

南蛮人のそれを思わせる式部の鼻孔《びこう》からは、息が漏れている気配がしない。丹田《たんでん》へ確実に気を落とした証拠に、両の肩からは無駄な力が抜けていた。

遥か彼方の山々まで見通すかの如く、小ぶりの黒い瞳は前方に向けられている。

この自然体こそが、香取神道流の居合における対敵動作の基本形なのである。

（見逃さん）

石畳の脇に立ち、新之助は式部の座した周囲を等しく注視した。

果たして、どのように動くのか。

と、視界から式部の五体が消えた。

（上か！）

新之助は、あわてて視線を走らせた。

膝立ちの姿勢から、式部は高々と宙に舞っていたのだ。

存分《ぞんぶん》に鞘を引いて抜刀すると同時に、その場跳びで大人の背丈ほども飛翔《ひしょう》する。

予想を遙かに越える動きであった。

座した姿勢で飛び上がるだけならば、新之助にも不可能な動きではない。

しかし、抜刀と大跳躍を同時に為すとは、考えもつかなかった。

鞘走らせた刀身を、式部は横一文字に抜き付けた。

居合の初太刀は敵の機先を制し、体勢を崩させることを目的とする。

もちろん、気迫を十分に込めて抜き付けるからこそ、対する敵を動揺させることも可能なのだが、刀身を鞘から急角度で抜き出すと同時に斬り下げる、片手打の場合を除いては、間を置かず、二の太刀を浴びせるための前段階なのである。

初太刀と二の太刀は、あくまでも一連の対敵動作であり、途切れた動きになっていては用を為さない。かといって、ただ速さだけを追求したのでは意味が無い。

居合術者の抜刀は、心得を持たない剣術者より確かに迅速《じんそく》かも知れない。

だが、抜く速さだけが居合の身上ではないのだ。

敵の動揺を誘った初太刀の刀勢を殺すことなく、流れるように、力強く二の太刀に移行する点が、すべての技に共通する要諦《ようてい》といえるだろう。

そして、式部が放った二の太刀は、添え手突きであった。

左右の脚を踏み替えて着地した瞬間、敵に擬した剣尖を鋭く突き出す。

左手を刀の峰にしっかり添えて、柄を握った右手と同時に前へ出す添え手突きには、刺突する際に刀身がぶれるのを防ぐと同時に、両手を用いることで刀勢を増す効果がある。

突きそのものにも増して、新之助が驚嘆したのは式部の体捌《たいさば》きであった。

地に足が着いてから構えたのではなく、五体が宙に在る一瞬のうちに、式部は左の掌を峰に添えていた。両足も空中に在るとき、すなわち鞘走らせる瞬間に左右を入れ替え、着地した直後に二の太刀を繰り出すための体勢を整えている。

第二の、そして第三の動作へと澱《よど》みなく連動できるように段取りされた、完璧な組立てだった。次へ次へと迅速に体を捌くと同時に、一つ一つの対敵動作が力強く、確実に為されている。

演武を目の当たりにしただけで、これは斬れると確信させる居合であった。

一挙一動たりとも見逃すまい。

新之助の表情は、かつてない必死の形相になっていた。

三の太刀は、正面斬りだった。

左足を前に、右足を後ろに送り、左足から一歩踏み出しながら添え手突きを放った式部は、再び左右の足を入れ替える。そして、左足を引き、今度は反対側の右足から前に出たのである。

右足を存分に踏み出すと同時に、真っ向から正面を斬る。物打が敵の肉体を捉えた瞬間に最大の力が刀身に込められるように、弧を描いて振り下ろす三の太刀であった。

右の手の内を締め、刀身を水平よりもやや下がった位置で静止させた式部は、わずかな間を置いた後、奇妙な動作を行った。

左手で握った柄を掌の中で一回転させ、右の拳を軽く柄に打ちつけたのである。

（あれが、香取神道流の血振《ちぶ》りか）

見慣れない動きに戸惑いながらも、新之助はその意味を自分なりに感得した。

血振りとは文字通り、刀身に付着した血脂を振り払う動作を指す。

この血振りも対敵動作の一つと心得よと、新之助は重信から教えられている。

刀身の表裏にまとわりつく脂は、丁子油を含ませた布でぬぐわなくては除去できるものではない。ひと振りしただけで、落ちるわけではないのだ。では、なぜわざわざ血振りをするのかというと、残心《ざんしん》を示すためである。

人を斬った後で、すぐに納刀する兵法者はまずいない。

倒れた敵が反撃してくるか否かを見きわめつつ、不意に起き上がってくる危険性に配慮しながら視線を敵から離すことなく刀を納める。これが残心の動作だ。

血振りを行うとき、剣尖は敵の方向を向くのが常。もはや動けぬはずの敵が仮に襲いかかってきたとしても、即座に突き伏せることが可能な角度に切っ先を向けているのだ。

対敵動作とは、単純に攻撃を浴びせることだけを意味するものではない。一挙手一投足のすべてが敵に対する動作であり、残心もまた然《しか》りと言えるだろう。

「……………」

納刀を終えた式部は立ち上がり、新之助を静かに見やった。

残心の余韻《よいん》を漂わせながら、式部は一言問うた。

「おぬし、漢語《かんご》は知っておるな？」

「はい」

「表居合『抜附之剣《ぬきつけのけん》』だ」

流れるような一挙一動と共に、その技名は新之助の脳裏に焼きつけられた。

「わが流派の術技は、門外不出。おぬしのためにできることは、ここまでだ」

無愛想な態度こそ変わらないが、式部の口調はかつてない熱を帯びていた。

新之助を信頼したからこそ、ほんの一部分とはいえ、秘伝の技を見取り稽古させることを許したのであった。

三

ついに目の当たりにすることができた香取の剣に、新之助は心からの感動を覚えた。

「有難き、幸せに存じます」

石畳の上で平伏する若者に、式部は言った。

「新之助」

初めてその名前を呼んだ式部は、真剣な声で告げた。

「延沢満延は一騎当千の強者ぞ。たとえおぬしが加勢してくれても、残念ながら歯は立つまい」

「……どうして、俺がお供する積もりと分かったんですか」

「技を見取るおぬしの目は、澄んでいた。悔いというものが、まったく無かった」

押し黙った新之助に、式部は続けて言った。

「しかし、儂に恩を感じることはないぞ。おぬしは、この米沢を守るために討ち死にいたす理由など、持ち合わせてはおらぬのだからな」

「………」

「命を大切にせい」

それだけ言い終えると、式部は踵を返した。

「先生っ」

追い縋る新之助に、生硬な兵法者は背を向けたまま言った。

「満延と相打ちにさえ持ち込めば、それで儂は本望だ。せっかくおぬしに加勢をしてもろうても大勢までは変わらぬ故、死ぬのは儂だけで良い」

新之助は、二の句が継げなかった。

と、そこに突然割り込む声。

「二人では、いかがでしょう」

久方ぶりに耳にする、あの美少年の朗らかな声であった。

「小十郎さん！」

「お話は聞かせていただきました」

見れば、片倉小十郎は革足袋《かわたび》に草鞋《わらじ》を着けていた。いつものように米沢の城下から近い成島にくるだけならば、旅用の足ごしらえは不要のはずだった。

「今日は、稽古日ではないはずだが」

憮然と問う式部の顔をじっと見つめながら、小十郎は言った。

「伊達の殿を見くびってもろうては困りますぞ、父上」

式部に鋭い視線を向けられながらも臆《おく》することなく、小十郎は先を続けた。

「最上義守殿が天童父子を動かし、延沢満延を義光公暗殺の刺客に仕立て上げた由《よし》にございます」

「まことか」

「天童領内の土豪たちから報が届きました。満延以下七騎、払暁《ふつぎょう》に中野城下へ至りまする」

「さすがに伊達家、ぬかりなく調べが行き届いておるのう」

険《けん》を含んだ式部の言葉にも、小十郎は動じなかった。

「合戦場で雌雄《しゆう》を決するならば是非も無いが、暗殺に及ぶとは卑怯の極み。父上ともども山形へ赴《おもむ》き、義光公をお守りせよとの御下命《かめい》です」

「御下命とは、笑止《しょうし》な。儂は伊達の家臣とは違うと申すに……」

不機嫌な表情を変えることなく、式部は吐き捨てた。

「輝宗殿は相変わらずの二枚舌だの。いずれも義姫様のご意向であろう？」

最上家と天童家、その実は義光と義守による武力抗争の幕が開くのを今や遅しと待ち望んでいる伊達輝宗が、義光が暗殺されるのを阻止するために動くとしたら、理由は一つしかあるまい。

輝宗の正室である義姫は、最上義光の妹だ。愛妻に甘い輝宗が、兄の身を案じる義姫の願いで致し方なく小十郎を、そして式部まで差し向けようと思い立ったとしても不思議ではないだろう。

たとえ片倉父子が返り討ちにされたとしても、一応手を打つには打ったのだと言い訳をすれば、義姫との仲に波風は立たないからだ。

式部は輝宗に、いや、すべての権力の座に在る者に対して不信感を抱いている。

有縁無縁を問わず他者を使役し、消耗することを痛痒《つうよう》にも感じない。名君の誉れが高い輝宗も、そして義光も、同じ穴の狢《むじな》としか思えなかった。

「とにかく、伊達家の指図は受けぬ」

「父上……」

気色《けしき》ばんだ息子に向かって、式部は面倒臭そうな口調で言った。

「満延と雌雄を決するのは、儂の意地故のことなのだ。構うてくれるな」

「父上」

「城に戻って、報告せい。片倉式部は大義に殉《じゅん》じましたとな」

意地を張り続ける式部に、小十郎は意を決して言い放った。

「父上！　もうすこし殿を、いや、人を信じてくださいっ！」

それは小十郎が初めて吐いた、苛烈《かれつ》な一言であった。

「確かに、伊達の御家は義守殿と同盟を結んでおります。隙あらば他家の領地を奪うことも辞さぬ心づもりでおられることも、間違いございません。されど父上。いざ戦が始まれば最上領のみならず、この米沢の民とて無事では済みますまい。それが分からぬほど、殿は暗愚《あんぐ》な御方ではございませぬ」

「生意気を申すでない！」

式部は、小十郎を鋭く睨みつけた。

「伊達の家風に染まり切った、おぬしには分かるまい。権力の座に在る輩にとっては領民の生命など、羽毛よりも軽いものでしかあるまい」

式部のこの言葉にも、怯むことなく小十郎は言った。

「父上のお志《こころざし》は、確かに立派でありましょう。しかし、権力者だから手前勝手、民は弱く救わねばならぬ立場と思い込まれるのは、余りにも傲慢です！」

「何を無礼なっ」

血相を変えた父を見据える息子の態度に、臆している様子は無かった。

「父上は輝宗様の何をご存じだと言われるのですか？　主家を持たれたことの無い父上に、人の上に立たれる御方のことが、どこまで分かっていると言うのですか？」

「そのようなことは、埒も無い！」

「亡くなられた母上から聞いております。父上は、願わくば伊達家にお仕えしたかったのだと。なぜ、この米沢では神官は神官、武家は武家と定められているのかと、鹿島の祝部の家々を羨まぬ日は無かったと……嫡男として家職を継がねばならない御身を、口惜しく思われていたそうですね」

「それがどうした」

「兄上と私に武家奉公をさせたのは、父上御自身の夢を叶えるためだったのでございましょう？　私はともかく、兄上は武家勤めを厭うておられまするぞ。この社に寄り付かれぬのも息子の意志を無視して主家取りをさせられた、父上のご勝手を恨んでいるからに他なりませぬ」

「……」

「父上の為すことに、是非を申し上げるつもりはございません。私は、伊達家にご奉公できて幸せと思っておりますから」

　小十郎の態度に、取り繕《つくろ》っている様子は見えなかった。

「我が殿はいずれ、私に若君《わかぎみ》の守役《もりやく》を任せたいと仰《おお》せになっておられます。ご推察の通り、殿は奥方に頭が上がりませぬ故、梵天丸君《ぎみ》の行く末を案じられましてのお言葉だと存じます……」

　一家臣の立場として、それ以上は口にできないことだが、輝宗の嫡男で当年七歳になる梵天丸が二年前に疱瘡《ほうそう》を患《わずら》い、右目の光を失ったとの風聞《ふうぶん》は、かねてより式部の耳にも届いていた。

　失明して以来、暗く沈んだ可愛げのない性格になってしまったと、義姫が梵天丸のことを疎《うと》んじている噂も、米沢城下で知らぬ者はいない。

「私とて、伊達家に全幅の信頼を置いているわけではございませぬ」

小十郎の澄んだ瞳に、ためらいの色は無かった。

「ですが、梵天丸君には才がございます。伊達家の次期当主として、必ずや民のために力を尽くして下さる名君の器《うつわ》であらせられると、及ばずながら小十郎、ご期待申し上げております」

「おぬしは若君のために、命を捨てると申すか」

「いえ、死には致しませぬ」

式部の問いかけに、小十郎は力強く答えた。

「生きて主君に尽くしてこそ、臣下の意地も披見《ひけん》できるというものです。勝手ながら小十郎は生涯、伊達家に在って意地を通す所存にございます」

「意地、とは」

「主命のままに動かねばならぬと思えばこそ、臣下たる我が身の境遇を倦《う》むことにもなりましょう。されど父上、よくお考えください。命じるのは主君でも、果たすのは臣下。我らの働きなくして、権力の座は保たれませぬ。主君が臣下の皆を生かしているのではなく、家臣が主君を生かして差し上げている。私は、そう思います」

式部の双眸《そうぼう》に、驚きの色が浮かんだ。我が子がここまで深い覚悟を抱きながら武家勤めをしていたとは、今の今まで考えも及ばなかったからである。

大名と家臣団の主従関係は、室町時代の寄親《よりおや》・寄子《よりこ》制を母体とする。

寄親と寄子の関係は親子のそれに等しく、厳しい統制が前提ではあるが、寄親に不法があれば、寄子の意志で義絶《ぎぜつ》することも可能とされている。

もし、式部自身が武家勤めをしていたとするならば数年を待たずして、寄親の些細《ささい》な不法行為を盾に取って致仕《ちし》するに至ったことだろう。

しかし、小十郎は違う。望むと望まざるとにかかわらず、伊達家の暗部に関与させられる立場でありながら、かくも前向きに、己の意志を持って生きているのだ。

気負いの無い態度で、小十郎は続けて言った。

「ご英邁《えいまい》なれば力を尽くす、暗愚《あんぐ》なら誅《ちゅう》する。それが、小十郎の意地です。梵天丸君が見込み違いの暗君と明らかになった暁《あかつき》には、我が手で亡き者にすることも厭わぬ所存でございまする」

「……小十郎」

もはや、父子が言い争う理由は霧散《むさん》していた。

「ご一緒させていただけますね」

微笑みかける小十郎に、式部は黙ってうなずいた。

父と子は、その成りゆきを見守っていた新之助に向き直った。

「世話になったな」

答えを待つ新之助に、式部は重々しい口調で告げた。この狷介《けんかい》な人物が他者に礼を述べたのは、これが最初で最後だったのかも知れない。

「おぬしの志だけは、有難く受けておく。鍛えよ、新之助」

無言で一礼した小十郎を促し、式部は社家に足を向けた。

「待ってください！」

その背に、新之助は呼びかけた。

「俺にも、お供をさせてください。先生」

向き直った式部は、諭すように告げた。

「おぬしが師と呼んで良いのは、林崎氏だけだ」

「師は生涯ひとり。でも、先生には何人就いてもいい。そう教わっております」

新之助の真摯な言に、式部もまた、真面目そのものの表情で答えた。

「死にに往くのだぞ、儂は」

「覚悟の上です」

答える若者の横顔を、沈みゆく夕陽が照らし出す。

迷いを捨てた、決意の表情であった。

四

三人は、ひとまず社家に寄った。

いつもながら、四十男の独り所帯にしては整然と片付いている。延沢一党の動向を探りに尾花沢へ赴く前にも床を掃き、雑巾《ぞうきん》がけを済ませたのが明らかだった。

「相変わらず几帳面《きちょうめん》ですね、父上は……」

草鞋と革足袋を脱ぎながら、小十郎は感心した声で言った。

もしも新之助が止めなければ夜の峠道で斬り込みをかけ、討ち死にしていたはずの式部である。死を覚悟の旅に出立する身で、常と変わらずに家の片付けができるとは、なまじの武士など及びもつかない心得であった。

「男やもめの暮らしが長くなれば、自ずとこうなるものよ」

苦笑しながら、刀架に二刀を置いた式部は土間に降り立った。

土間には、竈《かまど》が設けられていた。二つべっついと称される、二基の釜を並べて煮炊きができる形である。簡素なものだが、よほど裕福な家でなくては竈が持てなかった当時としては、誠に恵まれた設備であった。

「新之助、おぬしも手伝え」

まずは、飯の支度をしようというのだ。

「へいへい」

愛刀の同田貫と武者修行袋を外し、新之助は面倒臭そうに土間へ降りた。

小十郎はと見れば、いつの間にか姿を消している。草鞋《あしなか》を足半に履《は》き替えて、表に出て行ったらしい。

となれば、新之助が手伝う以外に無いのだが、この若者は水仕事が苦手な質《たち》である。

「わざわざ炊かなくても、雑炊かなにかでいいじゃありませんか」

「斬られて胃の腑《ふ》の中身をぶちまけたとき、こやつは碌《ろく》なものを食っておらぬと思われては死んでも死に切れぬからの……これ、落とすなよ」

台所の梁《はり》に吊るした米俵《こめだわら》を下ろしながら、式部は真面目な顔で言った。珍しく口にした冗談であったが、残念ながら新之助には通じなかった。

「ぞっとしない話は、止《よ》しておくんなさい」

「いいから、早う川まで行ってこい」

式部は尾花沢に発つ直前、二度とは戻らぬ積もりで水瓶《みずがめ》を空にしていた。

天秤《てんびん》を担《かつ》いだ新之助が水を汲《く》みに出ている間に、式部は俵から出した籾《もみ》を石臼《いしうす》で丁《てい》寧《ねい》に搗《つ》き、笊《ざる》に盛った。麦も稗《ひえ》も入れない。

出陣を前に白飯を炊く習慣は、米が貴重品だった時代を反映したものである。

特権階級に君臨していても、ふだんから白米のみを食していた戦国武将などは皆無に等しかった。家臣となれば庶民とほとんど変わらず、大量の雑穀や菜っ葉にわずかな黒米《くろごめ》か赤米《あかごめ》を混ぜた、かて飯、雑炊、粥《かゆ》が常食だった。

しかし、ひとたび合戦となれば状況は一変する。

軍を動かすと決断した将は、配下の兵たちの戦意を高揚させるために白飯を惜しみなく炊かせ、山海の幸《さち》ともども振る舞った。憎さながらの粗食《そしょく》と一汁一菜《いちじゅういっさい》に徹した上杉謙信《うえすぎけんしん》が、出陣に際してのみ、全軍のために用意させた豪華絢爛《けんらん》な「お立ち飯」は、世に上杉軍団の決死食と知られている。死を前にして食を重んじるのは、心得ある武家の常識だったとも言えるだろう。

戦国乱世が終焉を迎えて江戸に幕府が開かれ、米の生産が拡大しても、父祖の気風を尊ぶ剛直の士は米を常食することを慎《つつし》み、努《つと》めて麦飯を食したという。

(腹ごしらえなんぞ、途中で餅《もち》でも買えば済むのに)

重い水瓶に閉口しながら、新之助は思った。

とはいえ、式部には逆らえない。

命じられるままに汲んできた水で米を研ぎ、火を熾《おこ》す。熾火《おきび》が消されていた竃にいちから焚き付けるのは、楽な仕事ではない。

顔を煤《すす》だらけにしながら、新之助は逸《はや》る心を抑えるのに苦労した。

（ぐずぐずしてる間に、最上の殿様が殺《や》られちまったらどうするんだ）

だが、式部は一向に慌てる様子を見せない。本殿から瓶子《へいし》ごと持ってきた、下がり物の御神酒を慎重な手つきで徳利に移し替えたりなどしている。

そこに、小十郎が戻ってきた。手に、ひと束の山菜を提げている。

その強烈な臭気に、新之助は思わず顔をしかめた。

「いい顔になりましたね、新之助殿」

箸を動かしながら、小十郎が思わぬことを言い出した。

「何ですかい、そりゃ」

「まだ一月《ひとつき》ばかりしか経っておらぬのに、すっかり兵法者らしくなられましたよ」

お世辞とも思えぬ口調の小十郎の前では、式部が静かに箸を動かしている。

白飯を咀嚼《そしゃく》する口の端に、かすかな微笑みが浮かんでいた。

照れながら、新之助は山盛りにした飯に再び取りかかった。

先程までの焦りの色はきれいに消え去り、喜色満面の表情である。

理由は、片倉父子に褒められたからだけではなかった。

生まれて初めて食する出羽の米は、美味《びみ》この上ない。それこそ、涙が出そうになるほど旨《うま》かった。

おかずが要らないほど食が進む山形米ではあったが、食膳には小十郎が採ってきた山菜が用意されていた。

豆味噌を添えて土器《かわらけ》に盛られた山菜には、茗荷《みょうが》を思わせる地下茎《ちかけい》がついている。

最初に目にしたときから気になっていたのだが、かなり臭いがきつい。

式部と小十郎はと見れば、事もなげに、味噌をなすりつけては口に運ぶ。

しかし、新之助はどうにも箸を伸ばす気にはなれなかった。

「残さぬほうがよいぞ」

先に食事を終えた式部が、おもむろに告げた。

「何ですかい、これは」

「蝦夷葱《えぞねぎ》だ。儂らは行者《ぎょうじゃ》にんにくと呼んでおるがな」

「行者……にんにく？」

「出羽三山の修験者《しゅげんじゃ》が、山ごもりの寒さに耐えるために食したのが始まりだそうだ。月山《がっさん》に自生するのが最も美味だそうだがな。裏の山に戯《たわむ》れに植えておいたら、いつの間にか根付いておった」

修験者が集《つど》う霊山では、古来《こらい》より『葷酒《くんしゅ》山門に入るを許さず』と称し、香菜《こうさい》を食した者と酒気を帯びた者は立ち入りを禁じられているが、唯一例外とされるのが蝦夷葱である。

本州中部以北から蝦夷《えぞ》に分布する、ゆり科の多年草で、発する臭気が大蒜《にんにく》と比較にならないほど強烈なため、食した者はすぐに臭いで判別できる。同席するのが耐え切れぬほど凄《すさ》まじい臭気から逃れるには、自分も口にする以外に無い。

新之助も、そうするしかなかった。

「どうです？」

興味津々で問いかける小十郎に、新之助は目を白黒させながら、懸命にうなずいた。

思っていたよりも、いける味だった。

「こいつを腹に収めておけば、自ずと体が暖まる。温石《おんじゃく》を用意せずとも大丈夫だ」

新之助が順調に食べ進めるのを見ながら、式部が真面目な口調で言った。

「しかし……こう臭《にお》っちゃ、敵に悟られますぜ」

「案ずるな」

余裕の表情で、式部は言った。

「延沢の衆も、動き出すのは夜半だ。この寒空の下で凍えずに立ち働くには、蝦夷葱を食するのが最も確実だからの」

「すると、もし俺がこいつを食わなかったら」

「臭いに気を取られて太刀先が鈍り、たちまち落命しておったであろうな」

式部は笑った。心からの、楽しそうな笑みであった。

五

夜の冷気、とりわけ山の寒さに耐えるのに、蝦夷葱は天然の妙薬とされている。出羽生まれの林崎甚助重信にとっても、それは常識の範疇《はんちゅう》だった。

「食え」

掘り出したばかりの一玉を手に、重信は表情の無い顔で告げた。

その眼前に、一人の牢人が座している。なぜか、猟師の身なりをしていた。山形城下の遊廓で坂上千之丞と密談していた、あの忍びの者だった。

牢人は、動くに動けない。ふとい杉の木の幹に、縛り付けられているのだ。

寒さに打ち震えながら、牢人は懸命に声を上げる。

「助けてくれ！」

わめく口元に重信が右手を差し伸べたとたん、牢人は苦悶の表情を浮かべた。

鼻を塞ごうにも、両手の自由は奪われている。

「寒いのであろう。ならば、これを食せ」

重信が喋《しゃべ》る度《たび》に牢人は顔をしかめた。発せられる異臭に、耐えられないのだ。

むろん、重信は生のままで何束か食べ終えた後であった。

極寒の山中に身を置きながら小袖に胴服、野袴だけの装いで平然としているのは、この天然の妙薬のおかげだった。

観念した牢人は、ついに目の前の蝦夷葱にかぶりついた。

素手のままであれば、重信は間違いなく指を嚙み切られていただろう。

しかし、分厚い弓懸《ゆがけ》を着けていては、いかに反撃を試みても歯が立つはずもない。

弓の弦《げん》を連続して引くために用いる、鹿革を幾重にも縫い合わせた手袋は牢人自身の持ち物だった。街道で待ち伏せていた重信に峰打ちを食らわされ、山中に連れ込まれた時に、弓矢ともども取り上げられたのだ。

重信が村を出たのを察知した牢人は、密かに後を尾けていた。引き続き千之丞に仇《きゅう》敵《てき》の動向を知らせ、もう一度駄賃《だちん》をせしめようという肚《はら》だったのである。

猟師に化けて弓を所持したのも、隙があれば自分の手で重信を射殺す積もりだったからに他ならない。仇の重信が落命しさえすれば、己の手で討とうが討つまいが、千之丞が満足すると思っていたからである。すべては、金のためであった。

ところが深追いしたのが裏目に出て、今や囚《とら》われの身となり果てている。

すべてを白状した牢人を前に、重信は淡々とした口調で言った。

「おぬしは鬼松の所在を知らせただけで、手にかけたわけではない。そうだな？」

蝦夷葱を嚥下した牢人は、幾度もうなずく。必死の形相だった。

「ならば、殺しはせぬ」

相手が安堵の笑みを浮かべたのを見届けると、重信は先を続けた。

「安心しろ。蝦夷葱さえ腹に収めておけば、一晩このままでいても凍え死にはせぬ。助けが参るまで、そのままでおれ」

とたんに、牢人の表情が強張った。

構わずに背を向けた重信は、去り際に一言告げた。

「この山は最近、渡り狼が住み着いてな。先日も深追いした猟師が牙にかかった」

牢人の喉から、声にならない悲鳴が漏れた。その音は、絶望の響きに満ちていた。

外した弓懸を足元に捨てて、重信は山を下って行く。

捕えたときに取り上げた弓と矢筒は、山の奥深くに埋めた後である。

弓懸、そして縛った縄代わりの芋殻《いもがら》は、このまま捨て置いても問題ない。いずれ現れる餓狼《がろう》の群れが、残さずに喰《く》い尽くしてくれることだろう。

狼の牙であれば、硬い鹿革製の弓懸を嚙み破ることなど、物の数ではあるまい。

むろん、その持ち主も。

重信が牢人にあえて蝦夷葱を食わせたのは、このまま凍えさせてしまうのを哀れんだからではない。死の安らぎが訪れるのを一刻でも先に延ばし、生命を保たせるためであった。

振り向くことなく山を下っていく重信の耳に、遠吠えが聞こえる。

牢人の許しを乞《こ》う声が、切れ切れに耳に届いた。

目指すは、中野城下。

坂上千之丞よりも先に剣を交えなくてはならない相手が、そこにいる。

(延沢満延……か)

かつて相まみえたことの無い、強敵であった。

第七章　今弁慶対牛若丸

一

夜半の羽州街道を、七騎の武者が突き進んで行く。

目指すは、山形城の北西、須川《すがわ》のほとりに位置する中野城だった。

（策を弄するのは好まぬが……）

騎馬隊の先頭を駆けながら、延沢満延は忸怩《じくじ》たる思いを禁じ得ない。

満延が刺客の任を受けたと知らされた最上義守が描いた暗殺の絵図は、いかにも狡《こう》猾《かっ》なものであった。

義光が山形城中に身を置いている限り、確実に仕留めることは難しい。

そこで息子の中野義時の居城に誘い出し、待機させていた満延たち七騎を速やかに突入させて、討ち取ろうと考えたのである。

対立する弟の許に招かれ、その手勢に討たれたとなれば、最上家は未曾有《みぞう》の内部抗争に見舞われるに相違ない。しかし、天童家に与《くみ》する尾花沢の土豪《どごう》が下手人《げしゅにん》となれば、義光の家臣団は怒りの矛先《ほこさき》を天童家に向ける。

反義光派の立場とはいえ、義守は主君の実の父、義時は弟である。刃を向けるわけにはいかない。直に手を下したのならば報復する理由になるが、たまたま義光を招いたところに乱入した延沢一党に討たれたとあれば、手出しできないからだ。

それにしても白昼堂々、現当主が暗殺されたとなれば、最上家と天童家の対決は不可避と考えるのが道理だろう。しかし、義守に天童家と事を構える積もりは無い。溺愛する末子の義時を次期当主の座に据え、自分は後見人として最上家に新体制を構築できれば、それで満足なのだ。従って、天童父子も満延も、後難を恐れずに済む。

(愚かな……)

面頬《めんぽお》の下で、満延は口元を歪《ゆが》めた。

義守だけではない。その息子の中野義時も天童父子も、権力の座に妄執する愚者以外の何物でも無いのだろう。

そして満延はといえば、愚者たちの走狗に他ならない。

（しっかりせい）

己を叱咤すると、満延は愛馬にひと鞭くれた。

四肢を宙に躍らせた大将馬に続き、六騎の配下は一糸乱れぬ動きで追走して行く。

誰もが皆、延沢一帯の安寧《あんねい》さえ確保できるのならば、幾人でも手にかけてやろうと肚《はら》を括っていた。

もはや、満延は自嘲《じちょう》の笑みを浮かべてはいない。

（最上義光……）

豪勇の士の迷いは、すでに霧散していた。

（我が一族、我が民のために、おぬしの素《そ》っ首《くび》を謹んで貰い受けようぞ）

迫りくる危機を、最上家の若き当主はまだ知らない。

二

「祝い酒といこうじゃないか」

朋輩《ほうばい》の組長屋を訪れた田村助左衛門の声は、弾んでいた。

今日の朝稽古で坂上千之丞と立ち合い、一本取ったからだ。

「待っておったぞ」

左脚を引きずりながら、徳利を手にした戸部三郎左衛門は板の間にあぐらをかいた。腿を斬られた傷は、まだ完全に癒《い》えていない。技量で劣る助左衛門に、悲願の坂上越えを先に達成されたのも、致し方無いところであった。

「肴も、用意して参った」

助左衛門は、片手にぶら下げた一束の菜を指し示す。

「行者にんにくか？」

久しぶりに嗅いだ臭いに、三郎左衛門のいかつい顔から笑みがこぼれる。

「囲炉裡があればなぁ。軽く茹でて、酢味噌和《すみそあ》えと洒落込《しゃれこ》みたいところだが……」

「贅沢《ぜいたく》を申すな。こいつは、生でかじるのが一番だからな」

神経質そうな造作に似合わず、助左衛門は些末《さまつ》なことには固執《こしつ》しない質《たち》だった。主君の義光に寵愛《ちょうあい》されるのも納得のいく、豪放《ごうほう》な最上武士なのである。

「それも野趣《やしゅ》があってよかろう……洗ってあるな？」

念を押した三郎左衛門は味噌壺《つぼ》を取り出し、手際《てぎわ》よく蝦夷葱を土器に盛り付けた。

「明日から、いよいよ殿のお傍に戻れるのう」

「うむ」

互いの茶碗に濁酒を満たすと、二人は静かに微笑み合った。

その頃――。

旅支度を整え終えた坂上千之丞は、そっと宿直《とのい》の間《ま》を抜け出した。

夕方の稽古で疲れ果てた義光は、いつものように目を覚ます気配も見せない。

奥詰めの家士として傍近くに仕えるようになって以来、千之丞は毎日欠かさず、政務を終えた義光を言葉巧みに誘い出し、夕餉前の一刻（約二時間）を組太刀の稽古に費やさせるのが常だった。

小姓たちの歯ごたえの無さを嘆いていた義光にしてみれば、最初は願ったり叶ったりのことであったが、千之丞ほどの手練を毎日相手にするとなると、疲労する度合いも並大抵のものではない。

しかし、千之丞がいかに尋常ならざる相手と気づいたとはいえ、日頃から兵法自慢の義光が音《ね》を上げたのでは面目が立たない。手強さに辟易《へきえき》しながらも低姿勢で乞われれば断れず、日毎に稽古場へ足を向けざるを得ないようになっていた。

剣術の稽古は一人で取り組んでいては長続きせず、また、上達も望めない。そこに格好の稽古相手として現れた千之丞に義光が喜んだのは無理もなかったが、今や主客転倒した観も否めない。しかし、他ならぬ義光自身が所望して始めたことである以上、家臣たちが諫めるわけにはいかなかった。そこが、千之丞の狙い目だった。

五体の内に疲れが蓄積されていけば、自ずと隙が生じる。つまり、それだけ刺客の刃にかかりやすくなるということだ。

怪我をさせない程度に気遣いつつ、義光を疲労困憊《こんぱい》させるために千之丞が打っている策とは、誰一人、思いもよらなかった。

(愚か者め)

警備状況を逐一《ちくいち》把握している千之丞にとって、本丸から忍び出るのは雑作《ぞうさ》も無い。火鉢で焼いた温石を懐に抱いているので、屋外の冷気もこたえなかった。

むろん、一命を賭して主君を守り通す気など、最初からありはしない。

このまま自分が姿をくらませ、高みの見物を決め込んでいれば、義光は間違いなく討ち取られる。

一騎当千の延沢満延に太刀打ちできる者など、最上の家中には存在しないからだ。

そう、この千之丞を除いては。

義守が差し向けた刺客を一蹴《いっしゅう》したのは、やはり好判断だった。

並の者では千之丞は倒せないと認識させ、確実に勝てる刺客を手配させるように促した結果、血迷った義守は、とんでもない怪物を刺客に仕立てた。

満延が出張《でば》れば、義光は必ずや落命する。その瞬間、最上家崩壊の幕が開くのだ。

義守と義時の父子では、出羽国内に群雄割拠する強豪たちをまとめていくことなど出来はしない。火を見るよりも明らかなことだった。

有能な義光が当主の座に在ればこそ出羽侵入を手控えていた、伊達家を初めとする他国の猛者《もさ》たちも、義光が死したとなれば即座に軍事介入してくるだろう。

出羽内外の諸大名が相争い、いいかげん疲弊するのを待って鎮撫《ちんぶ》の兵を差し向け、労少なくして支配下に納める。

これこそ千之丞を放った織田信長が望む、東北平定の筋書きであった。

去る四月十二日、徳川軍に痛手を負わせた武田信玄《たけだしんげん》が甲府に凱旋《がいせん》する道中にて落命したとの極秘情報を、織田家ではすでに入手していた。

強敵の信玄が死したとなれば、越後の上杉謙信《うえすぎけんしん》は勢力圏の拡大を図るべく、出羽にまで軍勢を差し向ける可能性が出てくる。上杉家に連なる北条《ほうじょう》家とて、同様だった。

東北支配に先手を打つことは、織田家にとっても急務なのだ。

その尖兵《せんぺい》たる千之丞が今、為すべきは、最上義光を死に至らしめることであった。

しかし、自らの手を汚すつもりは、千之丞には最初から無かった。

首尾よく義光を仕留めたとしても、山形城内から生きて脱出するのは不可能である。となれば、他の者が討ってくれるように段取りをつけるのが、賢明というものだ。

果たして、自分の存在を恐れた義守は、最強の刺客を用意してくれた。

とりあえず身を隠し、一部始終を楽しませてもらおう。重信の始末は、後回しだ。

千之丞は、殺戮《さつりく》劇の幕開けを心待ちにしているのだった。

残酷な舞台の幕が上がるのを待ちわびながら、山形城の曲輪内を駆け抜けていく千之丞の顔は、邪悪な笑みに満ちていた。

日毎の稽古で義光を疲れさせると同時に、千之丞は自分が暗殺の場に巻き込まれるのを防ぐ措置も、抜かりなく講じていた。

仕官の条件として、千之丞は二人の小姓のいずれかが、自分から一本取ることが出来たときを以《もっ》て護衛の任を解いて欲しい旨《むね》を上申《じょうしん》し、義光の許しを得ていた。

いかに奥詰めの家士とはいえ、一介の護衛のままでは肩身が狭い。何卒《なにとぞ》、旗本衆へのお取り立てを——との言を、志の高さゆえと受け取ったのか、義光は千之丞の願いを快諾《かいだく》した。

ために、暗殺の決行が明朝に迫ったと仲間の牢人から矢文《やぶみ》で知らされた千之丞は、護衛の任を解かれるために、わざと助左衛門に一本取らせたのである。

自分が傍についていながら義光が討たれたとなれば、責任を問われるのは必定である。いや、その前に、護衛のままであれば、立場上、矢面《やおもて》にも立たなくてはならない。自分が事を運んだ暗殺の場で命を失ってしまっては、元も子も無い。

故に、手傷を負わないように注意しながら打撃を導き、それとは気づかない小生意気な小姓の木剣を胴に受けたのだった。

助右衛門は今頃、朋輩の三郎左衛門と祝い酒にでも酔い痴《し》れていることだろう。明日は主君ともども、斬り死にする運命とも知らずに、大いに痛飲しているに違いない。

今夜だけは、千之丞が宿直を務めることになったものの、明日の朝、中野城へ赴く義光の供をするのは二人の役目と決まっていた。

千之丞はまた、邪悪な笑みを浮かべるのだった。

(愚かな……)

「もう空《から》か？」

徳利を急角度で傾けた助左衛門はやおら不機嫌な声を上げた。

「飲み過ぎだぞぉ」

呂律《ろれつ》の回らぬ声でなじりながら三郎左衛門は土器に残った蝦夷葱を口に運ぶ。

「酒が足りぬ」

文句を言う朋輩に、三郎左衛門は黙って自分の茶碗を差し出した。

「呑めよ」

「おぬしの酒だろう。いらぬ」

甘えすぎたと気づいた助左衛門が慌てる姿を見ながら、三郎左衛門は黙って笑みを向けた。

「……お前の祝いに取っておいたのだ。遠慮するな」

目の縁を朱に染めながら、いかつい顔の三郎左衛門は相好を崩した。他の者には決して見せることの無い、朗らかな素顔であった。

「済まぬ」

頭を下げて、助左衛門は茶碗を受け取る。

と、その秀麗な横顔が強張った。

何か言いかけた三郎左衛門を手で制し、助左衛門は土間に降り立った。

板戸をわずかに引き開け、隙間から表を覗く。

裏手門に向かって駆けていく男の姿が、瞳に映じた。どれほど酔ってはいても、この一月《ひとつき》の間、打ち倒すことを目指してきた宿敵の容姿を見忘れるはずがなかった。

助左衛門は声を低めて、背後に呼びかける。

「……三郎左、参るぞ」

「どうしたのだ？」

朋輩の真剣な表情を見た瞬間に、三郎左衛門は押し黙った。

無言のまま土間に降り立つと、瓶の水を手桶に汲んで顔を洗う。

大小の二刀を帯びた若者たちが長屋を抜け出たのは、すぐ後のことであった。

三

月明りの下を、七騎の武者が駆け抜けて行く。

羽州街道は最上義光のお膝元、山形城下に直結している。だが、義光暗殺隊の目的地はそこではない。

延沢一党は街道から外れ、須川の河原へ馬首を巡らせた。

河原から中野城までの距離は、半里（約二キロメートル）も無い。

待ち伏せるには、絶好の地点だった。

暗殺の依頼主である義守と義時の父子は、今日の朝、標的の義光を中野城に誘い込む手筈《てはず》になっていた。そして館に入った瞬間、義光の命運は尽きることになる。

門を閉じた義時の配下が早馬を飛ばし、標的を捕捉した旨を知らされた延沢一党が、一気に中野城を急襲する。後は護衛を蹴散らし、義光の首級《しるし》を挙げるだけであった。

敵対する間柄とはいえ、実の父と弟の招きに応じる以上、義光とて多人数の護衛を同伴するわけにはいくまい。坂上千之丞とか申す手練に加えて、せいぜい十人ばかりを連れてくる程度であろう。

手強いという噂の坂上さえ仕留めれば、残る雑魚《ざこ》の始末は配下の六騎だけで十二分に事足りる。満延は、義光を討つことだけを考えていればいい。

中野城に常駐している義時の家士たちは、義光暗殺を妨害しない代わりに、助勢も期待できないと分かっていた。

事が成就するか否かにかかわらず、義守と義時の父子は、こたびの一件をあくまで天童家の謀略《ぼうりゃく》と見せかけ、口を拭《ぬぐ》って素知らぬ顔を決め込むつもりである。家老の草刈将監を通じて、満延に刺客の任を命じてきた天童父子も、すべては承知済みのことだった。

たとえ満延たち七名がことごとく返り討ちにされたとして、黒幕の面々は一切を否認するに違いない。

生死の如何《いかん》にかかわらず、延沢満延は汚れ役に徹《てっ》しなくてはならないのだ。すべては延沢銀山を再興し、尾花沢の民を飢えさせぬためであった。

須川が見えてきた。

満延に続いて、六騎の武者たちが河原に乗り入れて行く。

「止まれ！」

大将の合図で下馬した延沢一党は、三三五五、馬を連れて水辺に向かった。満延の配下は小者を使役せず、自ら愛馬の世話を焼くのが常であった。

故に、供のいない隠密行でも苦にはならない。

「たっぷり休ませておけよ」

配下に命じながら、満延も手ずから奥州黒の轡《くつわ》を取る。天童領から駆け通してきた疲労を微塵《みじん》も感じさせない、寛《くつろ》いだ表情であった。

むろん、満延を含めて誰一人、気を抜いている者はいない。

七名の刺客の意識は、広い河原の四方に向けられていた。

「……さすがに、隙が無いの」

河原の草むらに身を伏せたまま、片倉式部はひとりごちた。

その両脇では、小十郎と新之助が共に険しい表情を浮かべている。

こうして間近に迫ってみると、改めて、敵勢の手強さが伝わってくる。刃を交えるまでもなく、いずれ劣らぬ強者揃いであった。

対する相手の実力が読めない、生兵法の心得しか持たぬ者ならば、延沢一党の面々が背を向けている今こそ、斬り込む好機と思うことだろう。

しかし、片倉父子には分かっていた。

水辺で馬に水を飲ませ、体を洗ってやりながらも、敵はまったく油断をしていない。

夜陰《やいん》に乗じて近寄っても、返り討ちにされることは目に見えていた。

熟達した兵法者は行住座臥《ぎょうじゅうざが》、常に四方へ気を配ることを怠らない。視界に入らぬはずの真後ろにまで、その意識は及ぶという。

新之助も、延沢一党が容易には近付けぬ相手と感じ取っていた。

これまで潜り抜けてきた修羅場では、誰もが皆、身を斬るような殺気を放っていたものである。

だが、五間（約九〇メートル）ほどの間を置いて対峙している七名の刺客は、誰一人そうではない。警戒するのが常だからこそ、殊更《ことさら》に構える必要が無いのだ。

改めて、新之助は戦慄《せんりつ》を覚えずにいられなかった。

身を潜めた周囲の草が、小刻みに揺れている。寒さを覚えているわけでもないのに、先程から胴震いが止まらないのだ。

（俺とは、格が違う）

されど退くわけにはいかなかった。ひとたび決めたからには、猛虎《もうこ》の尾でも履《ふ》むのが男というものだ。

片倉父子も、同じ結論に至ったらしい。

「……父上」

「参るか」

小十郎に頷く式部の表情は常と変わらず、落ち着き払ったものだった。

新之助は知らないことだったが、古代の唐土の古書『易経《えききょう》』が説くところの「履虎尾《とらのおをふむ》」の意味は猪突猛進《ちょとつもうしん》を戒《いまし》めるのではなく、死中に活を求めるというのが本義である。危険を冒しても慎重な配慮さえ失わなければ、目的は必ず遂げられる。まさに、今の片倉父子の心境であった。

父子は、新之助に視線を向けた。

行くか。

それとも、逃げるか。

無言の問いかけに、新之助は大きく目を見開いてみせた。

胴震いは、いつの間にか止まっていた。

(やってやる)

新之助が覚悟を決めて立ち上がろうとすると、小十郎がおもむろに袖を引いた。

「あれを……」

指し示す先では、一人の大柄な武者が震えながら満延に何事か乞うている。

周囲の朋輩たちは苦々しげに、主従のやり取りを見守っていた。

「……あの男、行者ににんにくを食しておらぬな」

式部の言に、小十郎は小声で答えた。

「隊を組めば一人や二人、ああいう輩が必ずおりまする」

納得顔でうなずきながら、式部は若い二人に告げた。

「火を焚《た》くとなれば、薪《たきぎ》が要《い》るな」

「集めに出るとしたら、まず一人では動かぬでしょう。物見を兼ねて、数人で出張るものと推察します」

小十郎の言う通りだった。延沢満延は配下の者たちに単独行動を取らせるほど、愚かな将ではないはずである。

「然《さ》れば、まずはそやつらから先に片付けるぞ」

式部の言に、小十郎と新之助は黙ってうなずいた。

四

隊を離れた者の数は、三名だった。

河原の土手を越えたところにある雑木林を目指し、三名の武者は月明りの下を急ぎ足で歩いて行く。

先頭を往くのは、震えながら満延に土下座していた大柄な武者。満延は懲罰《ちょうばつ》の意を込めて、暖を取るための薪を自ら調達してくるように命じたのである。

「だらしがないの、おぬし」

震えが止まらない朋輩に、素槍《すやり》を携えた武者が毒づいた。いかに偵察を兼ねているとはいえ、薪拾いに付き合わされるのが面白くないのだ。

「喋るな……その臭い……たまらぬわ」

寒気に耐えて歩を進めながら、大柄な武者はつぶやいた。唇の端がすっかり紫色になっている。

「いい齢をして、蝦夷葱ひとつ食えぬとは呆れた奴よ」

「黙れ……人には、好き好きというものが……ある……」

顔を苦しそうに歪めながら、大柄な武者は言い返した。仲間たちが漂わせる異臭に耐えかねているのだ。

香気の強い野菜を食べたとき、異臭を放つのは口だけではない。汗と一緒に皮膚から発散されるほうが、むしろ強い。この蝦夷葱嫌いの武者は、天童領から中野の城下までの道中において、将の満延を含む六騎の仲間が体中から漂わせる異臭に、ずっと苦しめられていたのであった。

「止せ止せ」

二人の諍《あらそ》いに割り込んだのは、小柄な初老の武者だった。頭形兜《ずなりかぶと》の下から覗く眉は半ば白くなっている。

「仲間割れをしておる暇があれば、周りに気を配れ！　ここは敵地だぞ」

五尺（約一五〇センチ）そこそこの体軀に満ちた貫禄《かんろく》が、二人を黙らせた。

老武者が言う通り、彼らが隊を離れた目的は薪を集めるためだけではない。周囲の状況を確認し、危険が無い旨《むね》を報告するのも重要な役目なのだ。

「冷えるな」

老武者が、ぽつりとつぶやいた。

「齢のせいだろう」

素槍の武者が無遠慮に答えたのを意に介さず、老武者は震えている男に呼びかけた。

「気にするでないぞ。殿はこのような小事を根に持たれるほど、度量の狭いお方ではないからな」

兜の下から笑顔を向ける好々爺《こうこうや》に、大柄な武者は感謝を込めてうなずいた。

雑木林に分け入った三人は、速やかに小枝を掻き集め始めた。素槍の武者も、致し方ないといった顔で作業に従事している。主君の命令で同道したからには、自分だけ手ぶらで戻るわけにはいかないからだ。

静まり返った林の中に、人の気配は感じられなかった。

「戻るか……」

そうつぶやいた瞬間、老武者の表情が強張った。

林の入口に、三つの影が立ちはだかっている。皆、抜き身の刀を携えていた。

前に進み出た長身痩軀《そうく》の影が、おもむろに言った。

「凍えた朋輩のために薪拾いとは、ご苦労だの」

鎧武者たちの顔に、動揺が走った。

延沢一族の精鋭だけに、刀槍の術では余人に後《おく》れを取るものではない。その強者たちが一抹《いちまつ》の焦りを覚えたのは、目の前の男の言葉が、自分たちの行動を見張っていたことを示しているからに他ならなかった。

「……最上の手の者か」

誰何《すいか》しながら、老武者は刀の柄に手を伸ばした。差しているのは、優に二尺七寸（約八一センチ）に達する、小柄な体軀には不釣り合いな一振りだった。

「答えぬかっ」

素槍を構え直した武者が、鋭く言い放った。大柄な武者も震えを収め、定寸の刀を素早く抜き放った。

長身痩軀の影は、再び口を開いた。無愛想きわまりない声だった。

「我等は、最上家中とは関わりなき者」

「ならば、何故に刀を向ける？」

老武者の問いに、右脇の影が若々しい声で答えた。

「各々方《おのおのがた》に義光殿を討たれては、出羽が戦乱の巷《ちまた》と化すからです」

「ほざくな！」

素槍の武者が吠えるのに構わず、右脇の影——片倉小十郎が前に走り出た。

月光の下に躍り出たのが十六、七歳ばかりの若者と見て取った素槍の武者は、とたんに嗜虐《しぎゃく》の笑みを浮かべた。

使い込まれた様子の柄をしごき、地を蹴って突進する。

しかし、この粗暴な武者は愚かにも気づいていなかった。剣術も槍術も、引いた体勢は虚《きょ》、前に出た体勢は実《じつ》と称される。老武者の後方に身を置いていた彼は、機先を制して前に出た小十郎よりも二重、三重に虚だったのである。

勢い良く槍穂を突き出すべく、武者は二間（約三・六メートル）の柄を思いきり後ろに引いた。これもまた、虚の体勢であった。

むろん、虚から実に、後退から前進へと移行する動作が一瞬に行われるのは言うまでもない。相手が並の力量の持ち主ならば、素槍の武者は確実に実へと転じ、その突きは背中まで抜けよとばかりに刺し貫いていたことだろう。

だが、対する若者は凡百《ぼんぴゃく》の遣い手では無かった。

左半身になった武者が中段から突き込んだ瞬間、小十郎の五体が躍った。

ただ、刺突をかわしただけではない。

閃《ひらめ》かせた刀身を、柄の下部にぴたりと接触させたのである。

あわてた武者は、右手を大きく引いた。

槍は左手を前に、右手を後ろにして柄を握る。たとえ最初の一撃を回避されても、右手を引き戻しさえすれば、連続して第二撃を見舞うのは不可能事ではない。故に、武者が取った行動は正しかったのだが、小十郎が取ったのは槍術者を打ち敗《やぶ》る香取神道流の定石《じょうせき》の技だった。

柄に刀身を密着させたまま、小十郎は一気に駆けた。刀に倍する間合いを詰めても余りある、迅速な脚捌きであった。

槍は長柄の先で敵を牽制し、間合いを維持できてこそ優位に立つことを可能とする武具である。だから巧みに虚から実、そして実から虚へと転じ、連続して刺突を見舞っていくのだが、繰り返し突くには虚、すなわち引いた体勢を取らなくてはならない。

その一瞬を小十郎は狙ったのだ。

上から刀身を当てていれば、即座に跳ね返されていたことだろう。しかし、下から接触されては、槍術者は梃子《てこ》の原理を利することもできない。

駆けながらも、小十郎は柄に密着させた刀身を外そうとしなかった。これでは引き戻すことはできない。武者の手の内は完全に崩された。

「ひっ！」

右籠手《みぎごて》の裏に白刃が当たった刹那、武者は痛みよりも恐怖を覚えた。合戦場でさえ一度として感じたことの無い、未知の感覚であった。

籠手裏は布地がむき出しで一切の防御が為されていない、甲冑の急所である。小十郎が存分に食い込ませた刃は、武者の動脈と腱《けん》を、一刀の下に断ち割っていた。

小十郎が刀身を引き抜いた瞬間、素槍が地に転がった。その上に奔流《ほんりゅう》の如く、生暖かい血が降り注ぐ。

「夢じゃ……これは……」

己の右肘から先が真っ赤に染まるのを呆然と見つめながら、武者は崩れ落ちた。弾みで佩楯《はいだて》の裾が乱れ、冷たい金属音を立てた。

武者が柄を引くのではなく、下に押さえ込めば、小十郎の反撃を封じることができたのかも知れない。しかし、実戦の場において、やすやすと応用など効くものではない。五体に覚え込ませた操法を反復する以外に為す術を持たないのが、兵法者の常であろう。

未知の枝『橋《はし》かかる』を小十郎に仕掛けられたとき、武者はすでに敗れ去っていたのだ。

(長柄に刀を当てて間合いを詰め、手の内を狂わせるとは……)

再び目の当たりにした香取神道流の秘技を前に、新之助は言葉も出なかった。

だが、いつまでも茫然としてはいられない。

「油断するなっ」

一喝《いっかつ》した次の瞬間、式部は前へと走り出た。

長尺の刀を振りかざした老武者が、無言のままで突進してくる。

二人が激突するのを見守っている余裕は、新之助には与えられなかった。

「この……！」

駆け寄ってきた大柄な武者が、苛烈《かれつ》な片手打を浴びせてきた。新之助と同じくらいの身の丈だけに、十分な刀勢を込めた斬撃である。

必殺の一刀を新之助が回避し得たのは、鎧具足《よろいぐそく》を着けていない、身軽な装いをしていたからに他ならない。自分と同等の体軀を有する相手に勝っていたのは、軽快に動くことのできる運動性能、ただそれだけであった。

合戦場で用いられる剣術を介者《かいしゃ》剣術、日常生活の場で危機管理の技として行使する剣術を素肌《すはだ》剣術と呼ぶ。前者は甲冑を着けた完全装備で、後者は普段着で剣を振るうのが前提とされている。

片倉父子と共に戦いの場へ赴くことになった時、居候の新之助は当然ながら甲冑を用意できてはいなかった。それに合わせたわけではないが、式部と小十郎も小袖に胴服、野袴を着けただけの格好で二刀を帯び、成島八幡宮を後にしたのだった。

延沢一党が全員、鎧具足を装着しているのはあらかじめ分かっていたことである。なぜ対抗するために甲冑を準備しなかったのかと言えば、それは素肌剣術の軽快な運動性能を以て、敵を制しようという思惑ゆえの判断であった。

戦国の乱世に普及した当世具足は、武具を含めた総重量が十貫（約三七・五キログラム）を越えていた、往時の大鎧《おおよろい》に比べれば格段に軽量化が図られているとはいえ、片袖だけで七二〇匁《もんめ》（約二・七キログラム）に達する。全身の守りを固めるのと引き換えに、己の体重の半分近い負荷を背負わなくてはならないのである。

確かに、容易には刃を通さない甲冑さえ着けていれば、合戦場に身を置いても安心して戦えよう。しかし、防御性能を備える代償に、動きが鈍るのをあらかじめ覚悟しなくてはならない。素肌、すなわち普段着であれば難なくできる動作がままならないために、逆に命を落とす危険も鎧武者には付き物なのだ。

片倉父子、そして新之助は素肌剣術の唯一の利点に賭けた。迅速に動き回ることで、敵を制しようとしたのである。

敵武者よりも速く、確実に動けば、勝てる。

しかし、一歩でも遅れを取れば即、死に至る。

生死が紙一重の決断は、吉と出た。

「逃すかっ」

初太刀をかわされた武者は、怒号を上げて殺到した。

とっさに新之助が伸び上がり、全身の力を込めて同田貫を振り下ろしたのは、恐怖心の為せる業だった。

ここで斬らねば、殺される。その一念ゆえの反応であった。

「うおっ！」

二尺三寸の刀身を叩き込んだ瞬間、両の掌、そして両腕を鋭い痺れが突き抜けた。

新之助の斬撃は、武者の兜鉢《かぶとばち》をまともに捉えていたのだ。

肥後国《ひごのくに》において活躍した、上野介《こうずけのすけ》国勝《くにかつ》を中心とする同田貫一門の作刀は、斬れ味が優れた質実剛健《しつじつごうけん》の武用刀と名高い。

後に加藤清正《かとうきよまさ》が正国《まさくに》と改名した国勝を御用鍛冶《ごようかじ》として召し抱え、加藤家に独占されるに至る同田貫だが、豊臣秀吉《とよとみひでよし》の九州征伐《せいばつ》に従軍した戦功によって、清正が肥後国を領有する十四年前、天正元年（一五七三）の今にはまだ、駆け出しの武者修行者に過ぎない新之助が差料《さしりょう》にすることも可能だったのである。

渾身《こんしん》の一撃を浴びせられた武者は、たちまち崩れ落ちた。

だが、どこからも出血をしていない。頭形《ずなりかぶと》兜の鉢がわずかにへこんだ以外、どこにも外傷は見当たらなかった。兜鉢をまともに打たれた衝撃で、気を失っているのである。

(殺さずに済んだ……のか)

動かなくなった敵を、新之助は茫然と見下ろした。

「大事ないか、新之助」

我に返った新之助のもとに歩み寄ると、式部はおもむろに同田貫を取り上げた。

「おぬしの手の内が不出来なればこそ、この者は生き長らえた。僥倖であったの」

見れば、二尺三寸の刀身はくの字に曲がっている。

「さすがに同田貫だ。下手糞《へたくそ》な斬り付けでも、刃こぼれひとつしておらぬ」

淡々とつぶやきながら、式部は曲がった刀身を草鞋の底で踏みつけ、徐々に力を込めて形を復元していく。

「鞘を貸せ」

帯に差した黒鞘を、新之助はあわてて抜き取った。

納刀した同田貫を返しながら、式部は言った。

「帰れ」

式部の眉間に、深い縦皺が寄っている。不機嫌な心の現れであった。

「延沢満延が相手では、こうはいかぬ」

現実を見据えた指摘に、新之助は返す言葉も無かった。

「死にたくなければ、速やかに去ったほうがよい」

「……」

その時、突然、小十郎の切迫した声が聞こえてきた。

駆け寄って行くと、常に冷静な小十郎が血相を変えている。

「父上っ」

指差す先に視線を向けた瞬間、式部と新之助の表情が強張った。

こちらに向かってくる四人の鎧武者の姿が、淡い月の光に浮かび上がる。

刀槍の響きを、聞かれたのか。いや、生死の狭間《はざま》で攻守の双方が発さずにはいられない闘気を感じ取り、出張ってきたのに相違なかった。

先頭を往く巨漢は、金砕棒を担いでいる。

土手を乗り越えた武者たちは、林の目前まで迫ってきた。

「致し方あるまい」

「先生？」

一言つぶやくと、式部は踵を返し、もはや動かなくなった骸《むくろ》を見下ろした。

そこに仰臥《ぎようが》していたのは、白髪を朱に染めた老武者だった。

一刀の下に、首筋を裂かれている。目が開いたままの顔の横には、刃を浴びたときに忍緒《しのぶお》まで断ち切られたのか、頭形兜が脱げ落ちていた。

目を閉じてやった式部は、老武者の左腰に手を伸ばし、鞘の下緒を解いた。

続いて、摑み締めたままでいる大刀の柄を、そっと握る。

硬直した掌から抜き取った刀身を鞘に収め、死者に目礼した式部は立ち上がった。

「拝借《はいしやく》いたします」

黙って差し出された二尺七寸の剛刀に、新之助は深々と頭を下げた。

五

（どういうことだ、これは……？）

坂上千之丞は、急変した情勢に混乱を覚えていた。

明朝、延沢一党が義光暗殺を中野城で決行するというところまでしか、千之丞も摑んではいなかった。城下へ速やかに突入するならば、一党が待機するのは須川の河原が最適と見込んで試しに探ってみた矢先に出くわしたのが、この思いがけない闘争だったのである。

片倉式部と小十郎の顔を、千之丞は知らない。しかし、一緒になって刀を振るっている若い男が林崎甚助重信の門弟なのは、すぐに分かった。

どうして、あの者が延沢一党と刃を交えているのか。

周囲に、重信の姿は見えない。先刻から小姓の二人組、田村助左衛門と戸部三郎左衛門が自分の後を尾けていることには気づいていたが、他に人影は見当たらない。

となれば、あの香取神道流の遣い手たちと重信の門弟は、独自の判断で延沢一党の動きを探り出し、妨害せんとしていることになる。

(余計な真似《まね》を!)

千之丞は歯ぎしりした。しかし、自分が介入するわけにはいかない。

内実は同じ穴の狢《むじな》でも、表向きはまだ、最上義光を護衛する任に在ると見なされている千之丞である。延沢一党にとっては、義光暗殺を阻む敵に他ならない。

派手な活躍をして最上家に売り込んだ以上、義守を通じて天童家、そして延沢満延には絵姿なり何なりで顔形を知らされている可能性もあった。今、下手に顔を晒せば、満延と戦わねばならなくなる。

（冗談ではない）

いかに千之丞が腕に覚えがあろうとも、八尺の金砕棒を自在に操る、伝説の武蔵坊《むさしぼう》弁慶《べんけい》さながらの巨漢を相手に、生き残る自信は無かった。

加えて、鎧武者が三人。まともに太刀打ちできるものではない。

あの酔狂《すいきょう》な父子と重信の門弟が、腹当《はらあて》ひとつ着けていない素肌の状態で三人まで倒したのは賞賛に値することであった。

だが、大将の満延が出張ったとなれば、もはや勝ち目は皆無に等しい。

（予定は変わったが……高みの見物とするか）

状況を見極めた千之丞は、安心して邪悪な笑みを浮かべた。

危険と隣合わせの稼業《かぎょう》を営む身だけに、隠形《おんぎょう》の法は心得ている。

激闘の場となった林に潜んでいながら、未だに気づかれていないのは、呼吸まで含めた身体活動を無音の状態に持っていき、草むらにうずくまっていたからである。忍術で言うところの、鶉隠《うずらがく》れの一手だった。

延沢一党の二人を相手に生き残った以上、香取神道流の父子はかなりの手練らしい。

しかし、重信の門弟は雑魚《ざこ》に過ぎぬ。

門弟が力任せに兜鉢を叩いて刀を曲げた瞬間、不覚にも千之丞は噴き出しそうになった。重信から多少の手ほどきは受けているらしいが、まるで手の内が定まっていないのだ。

あの男は今度こそ、思い知るであろう。度胸だけで勝ち続けられるほど、真剣勝負の場は甘いものではないという、自明の理を。

(微塵《みじん》に打ち砕かれてしまえ)

重信の門弟である以上、憎むべき仇の片割れに他ならない。その死を心待ちにするのは、千之丞の立場にしてみれば、自然なことであった。


林の入口に、鎧武者の影が立ち並んだ。

先頭の巨漢を除いて、皆、打刀を手にしている。

「死んでもらおう」

抑揚《よくよう》の無い声でそう言うと、延沢満延は金砕棒を振り上げた。声がくぐもっているのは、彼だけは頭形兜の下に面頬を着けているからだった。

「参るぞ」

大将の一声を合図に、三人の武者が揃って前に進み出る。

満延が直々に手を下すまでもなく、目的を阻む障害を速やかに除くと同時に、討たれた仲間たちの意趣返《いしゅがえ》しをする積もりであった。

「……ここは、私が」

「止《よ》せ」

小十郎が言いかけたのに対し、式部は決然とした表情で告げた。

「満延さえ倒せば、事は終る」

「父上……」

「父を楯にして、おぬしは生きよ」

「それはいけねえ、先生」

無礼を承知で、新之助は父子の会話に割り込んだ。

「先生が死んじまったら、小十郎さんは香取の剣の奥義を受け継げないままになっちまいます」

正鵠《せいこく》を射た新之助の言に、式部は眉間に皺《しわ》を浮かべながら反駁《はんぱく》した。

「儂の戦いぶりを見取れば、それでよかろう」

刀の柄に手をかけた式部の背に向かって、若い二人は必死で訴えた。

「父上お一人を死なせて、何が見取りですか？」

「俺が突っ込みますから、その隙にお二人とも逃げておくんなさい」

眉間に寄せていた式部の雛が、ふと緩んだ。

「ならば、一緒に参るか」

「父上……？」

無言のまま、式部は前に出た。刀は鞘に納めたままである。

（居合でいくのか）

とっさに悟った新之助は、式部の左脇に立った。

刀一振りぶんの間合いを開けて、小十郎も右脇に進み出る。

攻守双方の放つ気迫が、深夜の林の中に満ちていく。

月明りの下で、揺れ動くのは草木ばかりだった。

吹き渡る風も、立ち籠める殺気を霧散させるには至らない。

生と死を二分せずには置かない修羅場がまた、現出しようとしていた。

「……」

「下がれ」

低い声で命じたのは、延沢満延だった。

応じて、三人の武者は後方に退く。

林の入口を塞いだ配下に見守られながら、満延は一歩また一歩と前進した。

七尺の巨漢が、迫りくるというだけではない。常人離れした身の丈よりも一尺長い、総鉄製の棒身に鋭い突起を備えた金砕棒を携えているのだ。

しかし、その巨漢を前にしても、片倉父子と新之助は微動だにしなかった。

「……………」

間合いがさらに一歩、詰まった瞬間。

上体を沈めたと見えた刹那、三人の体が宙に高々と舞い上がった。

香取神道流の表居合『抜附之剣《ぬきつけのけん》』だ。

同時に決まったのは、技量では明らかに劣るものの、跳躍力は抜きん出ていた新之助が一瞬だけ長く、空中姿勢を維持できた結果であった。

完璧に機先を制した。そう思えた時、式部の一声が飛んだ。

「退《ひ》けっ！」

着地した三人が飛び退《の》くのと、足元の土くれが弾けたのは、ほんの一瞬の差でしか無かった。

満延は三筋の初太刀に幻惑されることなく、下段に金砕棒を打ち込んだのである。

あのまま二の太刀の添え手突きを試みていたら、間違いなく三人は一緒に薙《な》ぎ倒されていたことだろう。

一撃で骨まで砕かれた肉塊《にくかい》と化して、冷たい月光の下で息絶えていたに違いない。

「居合など、所詮《しょせん》は奇手《きて》に過ぎぬ」

鉄棒を構え直した満延は、吐きすてるようにつぶやいた。

小十郎と新之助は、返す言葉もない。

必死に剣尖《けんさき》を向けてはいても、刀身が打ち震えるのを止めることができなかった。

「奇手と言うならば、それもよかろう」

式部だけはまだ、闘気を失ってはいなかった。

しかし、劣勢に陥ったことは認めざるを得ない。金砕棒にかすめられた右肩口の肉が、石榴《ざくろ》のように爆《は》ぜていたのである。右手に提げた刀を取り落とさないのが不思議なほど、凄惨《せいさん》な傷口であった。

避けようと思えば、回避できたに違いない。式部は若い二人を逃がすために、敢えて金砕棒の打撃を受けたのだ。

「参れ」

悠然と対峙する満延に、式部は刀を左手に持ち替えて正対した。

一対一で戦う気構えを示す式部の右袖は、滴《したた》り落ちる血で朱《あけ》に染まりつつある。長くは保《も》たないことは、目に見えていた。

満延は無言のまま、金砕棒を振り上げる。

面頬の下から式部に向ける視線は、非情そのものであった。

七尺の巨体が一歩、前に出た時だった。

林の入口で、三人の武者が何者かと争っている声が聞こえた。

聞こえてくるのは、刀槍の打ち合う金属音ではない。一撃、また一撃と、鈍い音と共に叩き込まれる、柄当ての響きである。

無言のまま向き直った満延の前に、ゆらりと影が現れた。

「おぬしの相手、拙者が相務めよう」

影の足元では、すでに三人の鎧武者が崩れ落ちていた。ことごとく、首筋に柄の一撃を浴びせられている。刃で切り裂くのさえ至難の業である甲冑の死角を、この兵法者は刀身を鞘に納めたままで制したのだ。

「先生……」

つぶやく新之助の目には、五尺の短軀から後光が差しているように見えた。

影の主は、林崎甚助重信であった。

六

驚愕の表情を浮かべたのは、新之助たちだけではなかった。

(何故《なにゆえ》、あ奴がここに)

思わず隠形の法を解いた千之丞は、信じられない思いで眼前の光景を凝視《ぎょうし》する。

延沢一党の行く手を阻まんとする者が、また一人増えたのだ。

義光暗殺を謀《はか》った最上と天童の権力者たちを除いては、延沢満延が刺客となったことを知り得ているのは千之丞、そして同業者の牢人しかいないはずである。

牢人が口を割ったのか。

それとも、伊達家が動いたのか。

各地の土豪と連係し、出羽全土を手中に収めるべく暗躍している伊達輝宗ならば、義光暗殺の全貌《ぜんぼう》を探り出すことも不可能事ではあるまい。

輝宗に雇われたとすれば、重信がこの場に罷《まか》り出たのも納得がいく。

(おのれ……!)

歯嚙《はが》みしながらも千之丞の視線は釘付けになっていた。

重信は手強い。しかし、相手は今弁慶とも言われる豪勇の士、延沢満延である。万が一にも、敗れる気遣いは無かった。

気を取り直した千之丞は、片頬を醜く歪めた。

かつて無いほどの、邪悪な笑みであった。


三間（約五・四メートル）の間合いは、まだ静寂に満ちていた。

「林崎甚助重信、推参《すいさん》」

「延沢満延、参る」

名乗りを上げた両雄の視線が交錯する。

肩幅に足を広げた重信は、七尺の巨漢を静かに見据えた。見上げた、のではない。眼球をわずかに上向きにして、満延の全身を視界に捉えたのだ。

「………」

重信の右手が、柄を握る。左手が鯉口を切ったのは、ほぼ同時だった。

柄を握り、鯉口を切った次の瞬間にはもう、刀身を鞘走らせるのが居合の常である。

居合の抜刀が速いと言われるのは、すべての動作が澱《よど》みなく、連動しているのを指してのことであろう。対敵動作の一つ一つが直結していれば、余人の目には速いと映るのかも知れない。だが、敵が目の前に在る以上、間を置かずに動くのは当たり前である。

抜刀する重信の一挙一動は流れるが如く、自然なものであった。

金砕棒を構えた満延の双眸が、大きく見開かれた。

自分と向き合えば大人と子供、いや、嬰児《えいじ》とも思える小男が、何故に三尺（約九〇センチ）余の大太刀を抜き放つことができるのか？

同じ出羽に生まれた稀代《きだい》の兵法者の妙技を、今、満延は初めて目にしたのだった。

五尺の体軀の持ち主が、三尺二寸三分もの大太刀を一挙動で抜き放つなど、常人ならば不可能事と言わざるを得まい。

それは、右手ばかりを用いて抜こうとするためである。

居合術者は左手を活用することによって、身の丈に比して長大な刀身を自在に抜き差しする術を心得ている。重信の創始した林崎夢想《むそう》流で、大太刀を用いることが前提とされているのは、左手の効用を最大限に追求したが故と言えるだろう。

柄を握った右手を伸ばしながら、左の掌で鯉口を包み込むように握った鞘を後方に引く技法を指して、鞘引きと呼ぶ。

右手だけを限界まで伸ばしても、長い刀が抜けるものではない。無理に鞘走らせせようとすれば上体が前にのめり、敵に正対した腰が捩《ね》じれるために体勢は崩れる。刀を抜き放つという初期の段階において、自滅する羽目《はめ》に陥るのである。

しかし、左手で鞘を引きさえすれば、右手の限界は容易に補われ、腰を正面に向けたままでの技刀が可能となる。むろん、この鞘引きが絶え間ない修練を要する、居合の稽古において最も困難な技法なのは言うまでもない。

苛酷な鍛錬を経て、重信の会得した妙技が『卍抜け《まんじぬ》』なのである。

右手の柄頭をほぼ垂直に近い角度で上方へ向けるのと同時に、まだ刀身が納まったままの鞘を帯の間から抜き出す。

そして、鯉口が胸元の高さまで達した瞬間、一気に鞘を引き戻すのだ。

一般に、居合で用いる刀は、身の丈から三尺を引いた長さが妥当とされている。重信に照らし合わせれば、わずか二尺（約六〇センチ）に過ぎない。

その重信が三尺余の大太刀を自在に駆使するに至ったのは、郷里の林崎明神で百日間の参籠《さんろう》の末に編み出した『卍抜け』に始まる、林崎夢想流の術技があればこそ。

百日の間、左掌を幾度となく傷付けながら、絶え間なく技刀を修練した成果だった。

それは、この大太刀を与えてくれた母の悲願に応え、仇討ちを為すために会得した技でもある。

大太刀が鞘走った刹那、金砕棒が唸りを上げた。

抜き放った刀身を閃かせ、重信はその場跳びで宙に舞う。七尺の巨漢の頭上にまで達する高さに跳躍した重信は、下段への打ち込みを軽々とかわしていた。

まともに刃を合わせれば、いかに強靭な刀身でも折られてしまう。

ならば、避ければよい。突進する巨漢の第二撃に対し、重信は続けざまに飛翔した。

胴服の胸元すれすれに、棒身の鋭い鉄鋲《てつびょう》が空を斬る。

反動で転倒しそうになりながらも、満延は怒りの形相で鉄棒を横殴りに振るった。

着地の瞬間を狙った非情な打撃を、重信は上体を沈めて回避する。

「あっ」

重信の頭上すれすれに通過した鉄棒は勢い余って、満延の眼前に迫りくる。辛くも寸前で止めたものの、思いがけない負荷を強いられた両の腕に、激しい痛みが走った。

重信に浴びせられるはずだった膂力を、満延は我が身に受けてしまったのだ。

そこに、水平の斬撃が殺到した。

重信は、満延の第三撃をただ避けただけではない。両の膝を合わせながら身を低くすると同時に、左足を後方に引き、中腰の体勢から横一文字に斬り払ったのだ。

同等の体格の持ち主に仕掛けるのであれば、腰を薙ぎ払う太刀筋である。二尺の身の丈の差ゆえに、重信が捉えたのは満延の左膝だった。

「！」

面頬の下で、満延の表情が凍り付いた。足元に、まるい鉄板が転がっている。それは大太刀の一閃で両断された、臑当《すねあて》の上半分だった。重信は、膝頭《ひざがしら》を保護する部分のみを正確に、一刀の下に断ち斬っていたのである。

甲冑の一部を無力化されながら、満延の闘気は衰えなかった。

「うぬっ」

真っ向に振りかぶった金砕棒を、七尺の巨漢は怒号もろともに叩き込む。

息を呑んで見守っていた新之助たちの足元が、大きく揺れた。

地をも割らんばかりに見舞った渾身の打撃に、満延は確かな手応えを覚えた。

しかし、重信の姿はどこにも無い。

血走った視線を左右に走らせた満延の耳に、背後から呼びかける声が届いた。

「ここにおるぞ」

「……………！」

満延は、冷水を浴びせかけられたような思いだった。

いつの間に、重信は背後を取ったのか。

居合わせた者たちで、その一部始終を見届けることができたのはただ一人、坂上千之丞だけだった。

(彼奴《きやつ》はまるで牛若丸《うしわかまる》……だ)

鞍馬山で腕を磨いた若者にとって、若き日の源《みなもとの》義経《よしつね》にまつわる伝説は、単なる絵空事ではない。剛力無双と謳《うた》われた武蔵坊弁慶を手玉に取り、常人の域を越える跳躍力を以て圧倒した伝説の貴公子は千之丞の密かな憧れであり、目標でもあった。

軽やかに宙を舞い、巨漢を圧倒する重信の姿は、まさに牛若丸そのものだ。

敵の攻撃を見切ると同時に飛翔して、背後に着地する。いかに千之丞が修練を重ねても成し得なかった体捌きを、重信は難なくこなしている。

父の仇であることも一瞬忘れ、見惚れずにはいられない勇姿だった。

そんな千之丞の存在に気づくこともなく、金砕棒にすがりついた満延は荒い息をついている。

五体に蓄積された疲労よりも、その気になれば自分の頭上に立つことさえやってのけたであろう重信の変幻自在の動きに、かつて覚えたことのない衝撃を受け、打ちのめされていた。

「義光めに、恩義でも……あるのか！」

「強《し》いて申せば、ひとつだけ」

苦しまぎれに咆哮《ほうこう》した満延に、重信は静かな口調で告げた。連続した大跳躍にいささかの疲れも感じていない、落ち着いた呼吸であった。

「十余年の間、母の墓所が在る最上の地を無事に保ってくれた」

「何だと？」

「母に永遠の安寧を捧げるためにも、義光殿を死なせるわけには参らぬ」

「訳の分からぬことを……申すな！」

雄叫《おたけ》びを上げると同時に、満延は金砕棒を振りかぶった。

すでに疲労困憊の極みに達していながら、総鉄製の棒を定寸《じょうすん》の刀の如く構える剛力を発揮し得たのは、目の前の男に対する憎悪の為せる業であった。

何人《なんぴと》たりとも、義光の暗殺を阻む者は除かねばならない。

母の墓所を守るためという、他者にとっては要領を得ない理由のみで最上義光を守ろうとする重信の真意を、満延は理解していない。いや、理解する必要は無かった。

乱世は力こそが正義である。そして力があればこそ、民を守ることもできるのだ。

ここで自分が敗れ去れば義光暗殺は成らず、天童家と約した延沢銀山の再興は水泡《すいほう》に帰《き》すであろう。富を得られずして、我が領土に未来は無い。

必勝の一念を以て、満延は重信に肉迫した。

その気迫に圧《お》されたのか、重信は退いた。諸手中段に大太刀を構えたまま、一歩、また一歩と退いていく。

七尺の巨体に闘気を漲《みなぎ》らせながら、満延は間合いを詰める。

その光景を目の当たりにした千之丞が、低く呻《うめ》いた。

(臆《おく》したのか、林崎)

怯えていると受け取られても仕方の無い素振りで、重信は退くことを止めようとはしなかった。迫られれば迫られるほどに、一歩ずつ後方へ位置を移して行く。

と、その時、満延が再び金砕棒を振り下ろした。

重信は、素早く後方に跳び退った。敵を追い込むのではなく、ただ避けるための動きにしか見えなかった。

そうであるならば、絶好の攻めどころである。

右足を踏み込むと同時に、満延は金砕棒を真っ向に振りかぶった。今度こそ、重信を頭から粉微塵《こなみじん》にせずにはおくまいという、気迫に満ちた構えであった。

虚から実に転じ、一撃の下に敵を叩き潰さんとする姿勢である。

　その刹那、重信は上体を沈めた。

　同時に、三尺余の刀身が奔《はし》った。左膝を突きながら逆袈裟《ぎゃくげさ》に斬り上げた大太刀が、唸りを上げて殺到する。

　鋭い刃音が耳朶《じだ》を打った次の瞬間、満延は顔面に風を感じた。

「………!?」

　どうして、顔が冷たいのか。

　次の瞬間、足元に、斜めに割れた面頬が転がり落ちた。重信の逆袈裟の一閃が、鉄製の防具を断ち断ったのだ。

　逆袈裟斬りは、きわめて難易度の高い技とされている。

　巻藁《まきわら》を用いた試し切りにしても、袈裟に斬るだけならば難しいことではない。だが、逆袈裟に斬ろうと試みても、刀身を弾き返されるのが落ちである。それだけ、常とは逆向きの斬撃で刃筋《はすじ》を通す、つまり、正確な角度で斬りつけるのは至難の業なのだ。

　むろん、重信が満延を制したのは逆袈裟斬りそのものの冴えにも増して、棒を操り出す寸前の虚を突いたからに他ならない。

　重信が見せた技は、後年に『山越之太刀《やまごしのたち》』と命名されている。

　林崎夢想流《はやしざきむそうりゅう》の変之次第《へんのしだい》、上級者以外は会得し得ない奥伝《おくでん》の一本として伝えられる

『山越之太刀』は、強気に攻め込んだ敵に、圧倒されているように装いながら油断を誘い、敵が不用意に間合いを踏み越えた瞬間、一気に逆襲へと転じる点に特徴が見出せる。

刀を鞘に納めたまま敵を圧《あっ》し、無用の争いを避けることこそが居合の身上である。だが、問答無用で自分を殺害せんとする敵と相対した時、居合術者が発揮する技の冴えは、初太刀の抜き付けだけに終わらない。抜き身の刀を振るう二の太刀、三の太刀は敵を殲滅《せんめつ》する刀勢を込めた、必殺の刃に他ならない。

にもかかわらず、重信は満延に情けをかけた。金砕棒を振り上げたために露呈《ろてい》した、甲冑の脇を狙って斬り裂くことも可能だった一閃で、面頬を断ち割り、巨漢の殺気を霧散させることのみにとどめたのである。

(勝てぬ)

そう思い知らされたのは、満延だけではない。

千之丞の姿も、いつの間にか消えていた。

声を失った満延に、重信は静かに言った。

「最上家に弓を引き、この出羽を無用の合戦で乱す奴輩《やつばら》は、何人《なんぴと》たりとも許さぬ」

精魂尽きた巨漢の手から、鉄棒が落ちた。

謹厳な表情を崩すことなく、重信は背後に視線を向けた。

意識を取り戻した三人の鎧武者が、そこに立ち尽くしていた。

「朋輩の亡骸《なきがら》を、運んでやれ」

言われるがままに、満延の配下は林の中に走り込んで行く。虚脱した表情を浮かべる大将に視線を向けないようにうつむきながら、三人は恥じ入った様子で足早に通り過ぎた。

片倉父子がそれぞれに抱き起こした骸《むくろ》は、謹んで三人の武士に引き渡された。

ようやく脳震盪《のうしんとう》から回復した生き残りの武者に、新之助は肩を貸す。

両足を静かに踏み締めながら、大柄な武者は憮然として問うた。

「おぬし、何故に拙者を斬らなかった？」

「師匠の教えだ。努《つと》めて人の命は奪うな、と」

「命取りになるぞ。現に今も、拙者はおぬしを殺したいと思うておる」

悔しそうに呻く武者に、新之助は鞘ぐるみの刀を差し出した。

武者にとっては親しい間柄の、無二の仲間の遺愛刀《いあいとう》であった。

「おぬしが、手にかけたのか？」

殺気を込めて睨みつけてくる武者に、新之助は静かに返答した。

「俺が歯の立つお人じゃなかった。刀を借りるのも、勿体《もったい》ないぐらいのな」

「……」

「あんたから、仏に礼を言っておいてくれないか」

刀を抱いた武者は新之助から離れると、無言のまま歩き去った。

戦いは、雌雄《しゆう》を決したのである。もはや、争う理由は無かった。

七

去り行く延沢一党を見送ると、重信は大太刀を鞘に納めた。

金砕棒を重そうに抱えた一人をしんがりに去る騎馬隊の後ろ姿が、小さくなって行く。

しばらくの間、満延は立ち直れないことであろう。もはや、義光暗殺の用を為さぬ身になったのは明らかだった。

生殺《なまごろ》しにするよりも、いっそ引導《いんどう》を渡してやるべきだったのかも知れない。

(いや、あれで良かったのだ。斬らねばならない相手は、他にいる……)

重信はそう思い直した。

しかし、物陰から高みの見物を決め込んでいた千之丞の姿は、すでに見当たらなかった。

闘気を収めた重信は、林の一角を見やった。

「おぬしたち、義光殿の小姓であったな？」

重信の声に導かれるように、草むらから二人の若者が出てきた。田村助左衛門と戸部三郎左衛門だった。

「林崎氏、その、先日はご無礼を……」

「貴殿《きでん》の比類《ひるい》なきお腕前……誠に、感服《かんぷく》仕《つかまつ》りました」

仕官を持ちかけてきた義光の前から去った重信を、小姓たちは口汚く罵《ののし》っている。本人に聞かれたか否かは別として、心から恥じ入っているのだ。

ばつの悪そうな表情を浮かべる二人に歩み寄りながら、重信は言った。

「ひとつ、助勢を頼みたい」

「助勢？」

戸惑う助左衛門に、重信は真面目な顔で告げた。

「最上家の獅子心中の虫どもを除くために、おぬしたちの助けが要《い》るのだ」

「……助佐」

逡巡《しゅんじゅん》の色を隠せない崩輩を促すと、三郎左衛門は黙って地に座した。

叩頭《けいとう》する友につられて、助左衛門も深々と細面を下げた。

「さ、立ちませい」

恭順の意を示す若侍たちに、重信は慇懃《いんぎん》な口調で告げた。

先に体を起こした三郎左衛門が、熱っぽく問いかけてきた。

「して！　身共は何を致せば」

千之丞を斬ると言われれば、是が非でも先手を務めたい。そう言いたげな顔だった。

「大事なれば、ゆめゆめ急いではなりませんぞ」

血気に逸《はや》る三郎左衛門を、重信はやんわりと制した。

「おぬしたちは常と変わらぬ体《てい》で、義光殿の身辺にお仕えしておれば良い」

「それだけですか？」

助左衛門は不服そうな声を上げたが、すぐに黙り込んだ。

重信に、鋭く睨《にら》み据えられたからである。

「……申すまでもないが、あ奴と勝手に事を構えてはならぬ」

怯えた表情を浮かべた若侍たちは、幾度も頷いて見せた。豹変《ひょうへん》した重信の態度に、畏怖《いふ》の念を抱かずにはいられなかったのである。

「頼むぞ」

ぬかりなく念を押すと、重信は式部たちに向き直った。

「かような仕儀《しぎ》にござれば、もうしばらくの間、その者をお預かり願えますかな?」

「心得た」

即答した式部に目礼すると、重信は一同に背を向けた。

新之助がまだ、自分に対する疑念を氷解させるには至っていないのを、感じ取っていたからである。今、無理無体にことばを交わしたところで、ぎこちないやり取りになるだけなのは分かっていた。

新之助はこうと決めたら動かない、意固地な質《たち》である。そこが良い面でもあり、悪い面でもあった。ともあれ、しばし時を置く以外にあるまい。

事が成れば、和解する機会も得られよう。

「……よいのか?」

大太刀を差した孤影《こえい》が遠ざかっていくのを見送りながら、式部が言った。

傍らに立った新之助は、無言のままでいた。

その視線が前方を凝視しているのに気づき、式部は溜め息をついた。余人には踏み込むことの叶わない師弟の葛藤《かっとう》に、これ以上は口を挟めないと悟ったのだ。

「父上」

小十郎が、そっと式部の肩に触れた。

「傷の手当てをいたしまする」

「城に戻らぬのか？」

「今は、父上の御体が案じられます故《ゆえ》」

息子の殊勝な言に、式部は微かに笑みを漏らした。

急に、鉄棒で抉《えぐ》られた跡が熱を帯びてきたように感じた。このように痛みを覚えることができるのも、安心して身を任せられる者が傍らにいてくれればこそなのだろう。

「父上？」

「大事ない……」

息子の腕にもたれかかりながら、式部は安堵した声でつぶやき、眼を閉じた。

「さ、手伝うてくだされ」

「は、はい」

小十郎に促され、新之助は我に返った。

気を失った式部を抱え上げ、二人は林を走り抜けて行く。
思っていた以上に、出血が激しい。
「落ち着いておくんなさいよ」
緊張した面持ちの小十郎を励まして、新之助は懸命に走った。
今こそ、無二の恩人を救うために全力を上げる時である。
余計なことは考えまい。
内心の動揺を抑え込みながら、新之助はそう自分に言い聞かせるのだった。

第八章　最上家との約定

一

それから一月《ひとつき》後。

田植え時《どき》も近い、五月《さつき》晴《ば》れの昼下がりのことだった。

細面《ほそおもて》の小姓に案内されて、最上義守は山形城本丸の奥の間に通された。

「こちらで、しばしお待ちくださいますよう」

平伏した小姓にうなずき、義守は円座《えんざ》にあぐらをかいた。

義光暗殺が未遂に終わってからも、彼は何食わぬ顔で山形城を訪問し、我が子のご機嫌を伺《うかが》いながら、最上本家の動向を探ることに余念が無い。

本来は後見人であるはずの義守が自ら奔走《ほんそう》せざるを得ないほど、このところ反義光派は芳《かんば》しくなかった。

（つくづく、頼りなき奴等よ）

延沢満延が何故に刺客の大任を放棄《ほうき》したのか、未だに報告は届いていない。満延を手配した天童家の責任を追及しようにも、頼貞と頼澄の父子には、義守との接触を避けているふしがある。

舞鶴城まで単騎で押しかけることも考えないでは無かったが、万全を期したはずの義光暗殺が不首尾に終わって以来、義守は慎重に振る舞うことを己に課していた。

中野城への訪問を自重するのも、我が身ではなく、溺愛して止まない義時に無用の嫌疑がかけられるのを避けるために他ならなかった。

刺客を仕立てたのは義守の独断であり、可愛い末子には何のかかわりもない。

しかし、義光がこの一件を嗅ぎ付ければ、義時を討ち果たす格好《かっこう》の口実となる。実の弟でさえ、自分に害意を抱いていると分かれば、何のためらいもみせずに命を奪う。義光は我が子とも思えぬ、非情な男であると義守は考えていた。

その点、軽挙妄動《けいきょもうどう》さえ慎《つつし》めば、義守の身は安全だった。

いかに犬猿《けんえん》の間柄とはいえ、当主の実父の立場には侵し難い権威が備わっている。これを取り除くには、一命を捨てて仕掛けなければならない。

仮に義光本人が自ら手を下すとしても、明確な理由なくして義守の命を奪うことは不可能であった。まして、最上本家の家臣団に自分を付け狙うような慮外者《りよがいもの》は、間違っても存在するまい。

かかる安心感があるからこそ、義守は供揃えも無しに山形城中へ罷り越すことができるのであった。

(儂を討たんとする豪勇の士があれば、褒美《ほうび》を取らせてやるぞ)

戯れにそんなことを思うほど、義守は絶対の自信を持っていた。

奥の間に通されてから、半刻(約一時間)ほどが過ぎた。

相手が父親ならずとも、人を待たせるにはいささか非常識すぎる対応である。

(解《げ》せぬ)

一抹《いちまつ》の不安を、義守は覚え始めていた。

義光を嫌い抜いてはいても、我が子が時間に正確な質《たち》なのを義守は知っている。小姓に案内までさせておいて、そのまま放置するはずが無い。

義守は、血走った視線を四方に走らせた。

廊下にも、庭にも、人の気配がまるで感じられない。

静かすぎるとは思っていたが、明らかに、人払《ひとばら》いが為されているのだ。

（まさか、謀《はか》られたのか？　先程、案内をした小姓が、儂の命を狙う刺客と内通していたとしたら……）

だが、本丸の人払いを命じて、半刻もの間、自分を釘付けにしておくことが可能なのは山形城を預かる張本人、最上義光以外には有り得なかった。

「義光！」

叫ぶと同時に、立ち上がろうとした義守は、驚愕の表情を浮かべた。

義守の眼前で、いきなり床板を突き破り、刃が生えてきたのだ。

いや、生えた場所がもっと問題だった。

およそ一尺五寸（約四五センチ）ばかりの白刃は、円座の上であぐらをかいた義守の股の間を突くように、出現したのである。

目の前の光景が、小刻みに揺れ動く。

それは義守が震えていたためであり、力強く突き上げられた刀身はと見れば、微動だにしていない。よほど、握力の強い者に違いあるまい。

紙一重の差で、外れてはいた。しかし、下手に立ち上がろうとすれば、瞬時に二の太刀で股間を刺し貫かれるのは必定だった。

動くに、動けない。

「…………」

息詰まる時が流れた。

床下に忍び込み、刀で突き上げたのが誰なのかは分からない。

分かるのは、顔を見せない刺客が並外れた手練であること、そして、突き出た刃の長さから察するに、合戦用の大太刀を用いていることだけであった。

武家屋敷の床下は、人が移動可能なだけの高さを備えている。腹這《はらば》いにまでならずとも、腰をかがめさえすれば、十分に動き回ることができる。もちろん刀を携えて忍び込むのも無理な話ではないが、厚い床板を一尺五寸も突き破ったとなれば、床下の刺客は三尺余の大太刀を有しているに相違ない。

義光は、一向に姿を見せなかった。

先程の声が聞こえていようがいまいが、半刻を過ぎても尚、現れる気配すら無い。

やはり、義光本人が仕組んだ罠なのか。

とすれば、今、床下に潜んでいるのは、坂上千之丞なのか。

奥詰めの家士として、千之丞は今も山形城中に詰めている。あの手練であれば、かくも正確に刀を突き上げる芸当さえ、容易にやってのけるだろう。

生粋《きっすい》の最上武士ではない彼ならば、恐れ多い先代当主である義守の暗殺を命じられたとしても、逡巡することは無いはずであった。

と、床下から声が聞こえてきた。

「そのままで、お聞きいただこうか」

かつて耳にした覚えのない、静かな声だった。

「た、誰かっ⁉」

義守が努《つと》めて冷静に問うと、ふいに刀が引っ込んだ。

あわてて腰を浮かせようとした刹那、白刃が再び、力を込めて突き上げられた。

中腰になりかけた体勢のまま、義守は凍り付く。

袴の前が、浅く裂けている。

いちもつが傷付かなかったのが不思議なほど、正確無比な太刀筋であった。

不格好に動きを止めた義守の耳に、また声が聞こえてきた。

「お静かに願いたい」

口ぶりこそ丁重だったが、一言一句に激しい怒りが込められている。

「最上家の内紛など、拙者の預かり知ったことではない。だが、無用の争いで出羽国内を乱す真似だけは、慎んでいただこう」

「……」

白刃は、今度は二尺（約六〇センチ）余りも飛び出ていた。義守が腰を浮かせかけた気配を察し、威嚇《いかく》の意味を込めて余計に突き上げたのだ。

逃げる隙など、ありはしない。

床下からの声が、おもむろに問うてきた。

「無用の争い、慎むか？」

「あ、相分かった」

義守は喉の奥から、必死で声を絞り出す。この世に生を受けて五十二年、言葉を発するのにこれほど苦しい思いを強いられたのは、初めてのことだった。

長々と突き出ていた白刃が、一瞬にして掻き消えた。

何事も無かったかのように、辺りは静まり返っている。

中腰の姿勢のままで、義守はそろそろと歩き始めた。このまま腰を下ろしたら、二度と立ち上がれない気がしていた。

廊下までの距離は、無限とも思えるほどに遠かった。

かつての居城の広間で先代当主が醜態《しゅうたい》を晒している、その一部始終を見届けた者がいた。

肩衣を着けた、二十歳をわずかに出たばかりの美丈夫。坂上千之丞だった。

重信たちが延沢満延の一党を撃退したのを見届けた直後、千之丞は取り急ぎ山形城中に立ち戻っていたのである。

満延と配下の六騎があのまま妨害に遭うことなく、予定通り中野城に突入して義光暗殺を決行したとしたら、護衛を務める千之丞は立場上、義光を守って延沢一党と戦い、討ち死にせざるを得なかった。

それが嫌だったからこそ、旅支度を整えて城から抜け出したのだが、肝心の満延が刺客の役目を放棄したために、風向きが変わったのだ。

最上義光を死に導き、出羽国内を混乱に陥れるのは密偵としての仕事に過ぎない。

父子二代の家業を全うするために、これまでは最上家と天童家の対立を激化させるための役目を優先してもきた。

しかし、千之丞がこの出羽において為すべきことは他にある。一件こなして幾らの賃仕事でしかない密偵稼業以上に、重要な使命が残っているのだ。

ために今日《いま》まで、千之丞は山形城内に居座っていたのである。

旗本への取り立ての儀は、未だ履行《りこう》されていない。しかし、あれから速やかに城中へ戻ったために、奥詰めの家士の立場は保持できていた。

例の小姓たちはといえば、千之丞の行為を誰かに告げ口することもなく、何食わぬ顔で義光の傍近くに仕えている。

（儂に不利な真似をすれば、命が無いと分かっているのだろう）

そう割り切った千之丞は、今日まで後生大事に我が身を保つことに努めた。護衛を解任されたのを幸いに義光の稽古相手を辞退し、独りで更なる稽古にも励んできた。

仇を討つために。

林崎甚助重信を、討ち果たすために。

見れば、義守はまだ、あたふたと歩を進めている。

かつては当主として君臨していた城の広間を、亀のように緩慢《かんまん》に蠢《うごめ》いていた。

「愚かな……」

つぶやくと同時に、踵を返した千之丞は、小走りに駆け出した。

二

（未熟者め。わざと見逃したとも知らずに）

縁側を歩きながら、坂上千之丞は嗜虐の笑みを浮かべた。

重信が山形城内に潜り込んだことには、先刻から気づいていた。それと承知の上で潜入を許したのには、もちろん理由がある。

本気になったときの重信の実力は、図らずも目の当たりにした延沢満延との勝負で、嫌というほど思い知らされた。

伝説の牛若丸さながらの、あの敏捷きわまりない動き。そして居合術。

まともに戦えば勝ち目が無いのも、良く分かっている。

最初に刃を交えた時、返り討ちにされなかったのが不思議なほどに、重信の技量は並外れていた。

だからこそ、こういう状況を作ったのだ。

中庭から床下に入った重信は、当然ながら脱出するために再び出てくる。

その瞬間を狙って、襲いかかるのだ。

いかに抜刀の妙技を誇る重信とて、床下から這い出てきた直後となれば、すぐに大太刀を抜き放つことはできない。鞘に納めず、抜き身のままで引きずっていたとしても、同じことである。

左手で抜き上げた鞘を瞬時に戻す、あの妙技を以て鞘走らせるにしても、抜き身の刀身を構え直すにしても、そこには一瞬の隙が生じる。

となれば、千之丞の短刀のほうが絶対に速い。

床下の気配を推《お》し量りながら、千之丞は縁側を移動して行った。

縁側から飛び降りれば、そこは中庭である。

床下から中庭に這い出てきた瞬間、重信は最期の刻《とき》を迎えるのだ。

長尺の刀身は十分な間合いを確保できてこそ、恐るべき威力を発揮する。しかし、床下から出てきたばかりの不安定な体勢でいるところを急襲すれば、三尺余の大太刀は無用の長物でしかない。

重信は、父の主膳を大太刀で斬り捨てた。

自分は母から授けられた、この短刀で仇敵を討ち果たす。

長らく親不孝を重ねてきたが、父母も草葉《くさば》の陰で満足してくれることだろう。

その時、草鞋の爪先が、縁側にちらりと覗いた。

（来た）

小刀を抜き放つと同時に、千之丞は裸足のままで中庭に飛び降りた。

次の瞬間、血煙《ちけむり》が上がった。

驚愕の表情を浮かべながら、千之丞は仰向けに倒れ込む。

真っ向から断ち割られたのが、自分でも良く分かった。

血が流れ込んできた両の瞳に、霞《かす》んだ光景が映る。

大太刀を油断なく構えたまま、重信が自分をじっと見おろしているのが見えた。

呼吸の乱れも無く、重信は静かに語りかけた。

「仇討ちと心得て、成仏《じようぶつ》せい」

「ふざ……けるな」

苦しい息の下で、千之丞は呪詛《じゆそ》の声を上げた。

「お前は、父上の……」

「坂上主膳の一命を貰い受けたのは、拙者の父の仇。そして、おぬしを斬ったのも仇討ちである。罪なくして死んでいった鬼松の無念を、晴らすためだ」

「馬鹿な……」

若者が絶命するのを見届けながら、重信は納刀した。

だが、その面《おもて》に現れているのは、なぜか絶え難いほどの寂寥感《せきりようかん》であった。

それにしても、重信はいかにして千之丞を制したのか。

重信は抜き身のままで携えていた刀身を背にかつぐ体勢を取り、そのまま出てきたのである。右足を踏み出すと同時に伸び上がり、真っ向からの斬撃を浴びせたのだ。

この剣技の名を『棚下《たなした》』と呼ぶ。

林崎夢想流には伝承されていない一手だが、重信は千之丞が中庭で待ち伏せていることを察知した瞬間、かかる対処法を思い立ったのであった。

他流派が伝える『棚下』は、上体を前かがみにして、床下で鞘を払うことが前提となっている。

三尺余の大太刀を同様に抜き出すのは、至難の業と言わざるを得ない。

そこで床下に忍び込む時、重信はあらかじめ大太刀を鞘から抜いておいたのである。

だからこそ、待ち伏せる千之丞に対し、とっさに迎撃体勢を整えることができたのだ。

義守を脅した後、もし重信が納刀していたとしたら、千之丞の思惑は功《こう》を奏《そう》したかも知れなかった。

だが、千之丞は自らの立てた策を過信するあまり、重信が『棚下』で反撃してくる可能性を見落としていた。

父の主膳と同様、いま一歩の詰めが甘かったのである。

「……………」

一瞬の勝負を制した重信の胸に、しかし、達成感めいたものは無かった。

千之丞を討ったところで、鬼松が生き返るわけではない。

何のために、自分はこの若者を斬ったのか。

無用の恨みを、背負い込んだだけなのではないのか。

互いに父を失った時点において、二人は対等の立場であった。

そして、鬼松を殺したことで、千之丞は重信に討たれる理由を自ら背負った。

千之丞を討った重信とて、恨みの連鎖から逃れ得たとは言い切れないのだ。千之丞にも縁者がいるだろうし、言い交わした女性がいるやも知れぬ。

彼ら彼女らの中から、復讐の刃を向けてくる者が現れないという保障は、どこにも無い。

血に染まった死体の目を閉じてやりながら、重信は慨嘆《がいたん》する。

(乱世に生きるのは、つくづく辛い……)

人の命が軽すぎる時代に在りながら、尚のこと人斬りを避けられぬ境涯《きょうがい》の兵法者たらんと欲する我が身の業《ごう》を、重信は思わずにはいられなかった。

三

「見事だのう」

その場から去ることも忘れたまま立ち尽くす重信の背に、呼びかける者がいた。

声の主は、最上義光だった。

縁側に身を潜めて、二人の対決を見守っていたのだ。

義光の傍らには、小姓の田村助左衛門と戸部三郎左衛門が控えている。

延沢一党との激闘以来、改めて目の当たりにした重信の太刀筋に感服しているのか、共に目が潤《うる》んでいた。

向き直った重信は、静かな口調で問うた。

「お出《い》でになられていたのですか」

「おぬしの実力を見定めたくての。許せ」

素直に詫《わ》びると、義光は白い歯を見せた。

一同が打ち解けた様子でいるのも、当然のことであった。

須川で助力を頼んだ小姓たちの口を通じて、自分が千之丞を討ち果たす旨を義光に上申《じょうしん》した重信は、あらかじめその裁可《さいか》を得ていたのだ。

義光とて、暗愚《あんぐ》な人物ではない。千之丞が天下一統《てんかいっとう》を狙う畿内周辺の有力大名が放った密偵らしいということにも、薄々勘づいていた。

それと承知の上で泳がせていたのは、自分の暗殺を目論む反対派の面々に対する備えとして、千之丞の存在が有効だったからに他ならない。

自分の暗殺を扇動《せんどう》するために送り込まれた者を、使えるうちは活用しようという姿勢もまた、東北の覇者たらんとする将の器量と言うべきであろうか。

延沢一党が撃退された翌朝、小姓の田村助左衛門と戸部三郎左衛門の報告に驚くこともなく、義光は千之丞を今日まで好き勝手にさせておいたのである。

千之丞が重信を仇と狙い続ける以上、しばらくの間は密偵の仕事を放棄し、後生大事に我が身を安全な場所に置きたがるという心理を読んでいたのであった。

最上義光、誠に抜け目がない。

父の義守を恫喝《どうかつ》する役目を命じたのも、他ならぬ義光自身であった。

「御父君は、いかがなされましたか」

「あれから腰を抜かしてしまっての。今、奥詰めの医師に手当てをさせておる」

重信に問われて、義光は満足そうにつぶやいた。

「おぬしの荒療治のおかげで、しばらくは大人しくなるであろう。このまま、矛《ほこ》を収めて楽隠居してくれれば良いがな。ま、義時さえ除けば事は済む」

喋りすぎたと悟ったのか、義光はおもむろに話題を変えた。

「その腕、儂に売らぬか？」

急な思いつきではない証拠に、向けてくる双眸は期待の色に満ちている。

じっと見返す重信の視線を受け止め、最上家の当主は不適に微笑んだ。

「俸禄《ほうろく》は、望みのままに与えようぞ。役儀も、剣術師範とは申さぬ。侍大将に取り立ててつかわす」

視線を外さぬまま、重信は静かな声で言った。

「答えは、前に申し上げた通りです」

権力者とは、何故に人材を召し抱えようとするとき、同じことしか口にできぬのだろうか。

空しさを覚えながらも、重信は一言だけ付け加えた。

「今後とも林崎の地を安堵してくださるのなら、お助けすることもございましょう」

「林崎とな」

「この十年間、我が名字地が無事に保たれてきたのは、先代の殿のお陰と、重信は心より感謝しており申す。故に、先程も御命までは頂戴いたしませんでした」

「……それで？」

「義光殿は先代様にも勝る、名君のご器量《きりよう》。然《さ》ればこそ、林崎のみならず、最上並びに村山一帯に情けをおかけくださることなど、雑作《ぞうさ》もございますまい」

「うむ」

思わず即答した隙を逃さず、重信は重ねて言上した。

「及ばずながら林崎甚助重信、最上家の危急《ききゅう》の折には必ずや、殿の御許《おんもと》に罷り越しまする所存でございます」

嘘偽りの無い物言いである。この上なく、真剣な態度であった。

「相分かった」

義光もまた、真面目な表情で答えた。

「我が一族が存続する限り、おぬしとの約定《やくじょう》は違《たが》えるまいぞ」

「有難き幸せに存じまする」

深々と一礼して、重信は背を向けた。

「追うな」

助左衛門と三郎左衛門を手で制し、義光はつぶやいた。

「二人ともよく覚えておけ……あの男の、稀《まれ》なる太刀捌きを」

四

城門から出てきた重信を待っている者がいた。

革足袋に草鞋を履き、武者修行風呂敷《ぶろしき》を腰に巻き付けた、道中支度である。くの字に曲がった同田貫は元の姿を取り戻し、左腰の黒鞘の中に鎮座《ちんざ》していた。

「済んだんですかい？」

巽新之助の口調は、まだどこか硬さを感じさせる。

「うむ」

立ち止まった重信は、新之助を見た。

一月《ひとつき》前よりも、さらに腰の据わりが決まっていた。肩の力も、自然に抜けている。

成島八幡宮で過ごした日々は、新之助を一回り成長させてくれたようであった。

重信は、静かに問うた。

「式部殿の怪我《けが》は、大事ないか」

「麦の収穫はこれからだと申されて、畑作に励んでおられます」

「お一人でか？」

「小十郎さんが、時々お出でになるそうで……」

そのこともあって、新之助は社を離れようと決心したのだろう。

片倉父子の仲は、修復されたのである。

しかし、この師弟はというと、まだ和解するには至っていない。

新之助には、どうしても得心できない疑念があるからだ。

なぜ、一度は刀を抜くことさえ躊躇した坂上千之丞を、こうして討ち果たす気になったのか。それも、不意打ちに等しい手を使って。

答えを教えてもらうまで、以前のように重信と旅を続ける気にはなれない。

だから、非礼と承知の上で、新之助は尋ねた。

「できれば生涯、もう二度と人を斬らずに在りたい。いつも、そう仰《おつしや》っていましたね」

「それが、どうした」

問い返す重信の声は、二の句を継がせぬ鋭さを孕《はら》んでいた。

しかし、新之助は屈しなかった。

この答えだけは、何としても聞いておかなければならない。

「今も、同じお気持ちですか」

食い下がる若者に、重信は撫然と告げる。

「無論《むろん》」

すかさず、新之助は問いかけた。

「どうして、坂上千之丞だけは、進んでお手にかけられたのです」

「あ奴は拙者の仇。だから討った」

重信は、さらりと答えた。思いがけないほど、淡々とした態度だった。

「鬼松を殺したから……それだけのことで？」

新之助がそうつぶやき返した刹那、豪腕が唸った。

頰を張られた新之助は、たちまち路上に打ち倒された。容赦のない一打であった。

「悪《あ》しざまな物言いは、許さぬ」

「す、すみません」

厳しく言い放った重信の態度に、新之助は素直に詫《わ》びた。

今、新之助はようやく気づいた。

重信にとって、鬼松は弟子というだけでは終わらない存在だったのだ。身内にも等しいと思っていたならば、再会した時にあれほど手放しで喜んだのも納得がいく。

その鬼松が理不尽に一命を絶たれた以上、仇敵の千之丞を斬るのを躊躇しなかったのも当然のことだろう。

重信の身内を殺害した時点で、あの男の運命は決まっていたのである。

人斬りを好まぬ兵法者。

しかし、愛情を注ぐ者のためならば、刀を抜くことを厭《いと》わない。

それが林崎甚助重信なのだ。

「先生……」

久方ぶりに、口にしたことばであった。

今こそ、新之助は迷いの無い目で問いかけた。

「林崎明神で俺が討たれていたら、千之丞を斬ってくれましたか？」

「当たり前だ」

何を言うのかといった顔で、重信は告げた。

「おぬしは拙者の一番弟子だ。ただひとりのな」

「……」

「参るぞ」

重信は、歩き出した。

一歩遅れて、新之助は後に続く。

二人の表情は心穏やかに澄みきっていた。

城下町の喧騒《けんそう》をよそに、師弟は山形を後にした。

終章　この子を残して

一

遅い春を迎えた村では、田植えが始まったところであった。

男衆《おとこしゅう》が天秤棒にくくりつけて運んでくる、青々と育った苗を一本一本、村娘たちはていねいに植えつけていく。

運ばれてきた苗の束を受け取り、中継して田の早乙女《さおとめ》に放るのも男衆の役目である。

名主の三男坊も、その中にいた。

放られた苗束を、一人の早乙女が受け取り損ねた。美里であった。

あわてて拾いながら、彼女はちらりと振り返った。

澄んだ瞳に映じる想い人は、あの時と同じ、旅支度のままだった。

どうして、この村に戻ってきたのか。

もう会えないと分かっていれば、あきらめも付いたというのに……。

畔《あぜ》に立つ重信に、美里はひたむきな視線を向けずにはいられなかった。

願わくば、このまま自分と所帯を持って、村に残ってほしい。切なる願いが込められた眼差しであった。


「先生」

傍らに立った新之助は、遠慮がちに呼びかけた。

村に残ると言い出せば、今度こそ自分は去るしかないのだろう。

しかし、美里が相手なら、それでいい。

嫉妬抜きで、若者はそう願わずにいられなかった。

そこに、師の声が届いた。

「新之助、参るぞ」

美里の視線を外し、重信は踵を返した。

「……」

一瞬だけ、美里の双眸にすがるような色が浮かんだ。

しかし、追いかけようとはしない。

自分が生きていく場所は、この村以外にあり得ない。

今、村を出ていけば、誰が亡き兄の菩提《ぼだい》を弔《とむら》ってくれるというのか。

それに、美里は一人ではなかった。

我知らず、腹部へと手が伸びる。

あの夜の思い出が、この身の内には宿っているのだ……。

大丈夫、これからもきっと、強く生きていける。彼女は、自分の力を信じていた。

いや、信じようとしていた。

新しい苗束が、目の前に飛んできた。

すかさず受け止めた美里は、手際よく苗をほどいた。左手に束ね持つと、一本ずつ、心を込めて植えていく。

額に汗して働く美里の目尻に、光るものがあった。それは、惜別の涙だった。

田植えに湧く村に背を向けて、重信は去って行く。

この後、生涯を独身で通すことになる兵法者の、新たなる旅立ちであった。

二

重信が出羽を去って、九年後の天正十年（一五八二）。

出羽国内の反対勢力の一掃《いっそう》に乗り出した最上義光の軍勢に抗《こう》し切れず、天童家は落城の憂《う》き目を見た。天童頼貞と頼澄の父子は落城後、懐刀である草刈将監を暗殺されたことによって、失地回復の望みを完全に絶たれた。

ちなみに、将監暗殺の刺客という大任を全うしたのは、屈強の最上武士に成長した小姓の三郎左衛門と助左衛門の二人であった。

天童家が滅亡した背景には、もうひとつの理由が挙げられる。

八尺の鉄棒を持たせれば二十人力、三十人力と謳われた延沢満延が、最上家との合戦に一度は参戦して、都合十八名もの最上武士を屠《ほふ》ったものの、途中から一族を挙げて義光に帰順したためであった。

剛力無双の満延を失った結果、守りを失った舞鶴城は孤立し、落城せざるを得なかったといっても過言ではない。

一騎当千の荒武者は何故、最上家に脅威を覚えたのか。

義光が計略を用いたとも言われるが、真の理由は定かで無い。

また、義光は天童家と雌雄を決する前段階として、天正二年（一五七四）に実弟の中野義時を攻め滅ぼし、切腹させている。

非情とも言える措置に違いないが、早期に義時を排除した結果、父の義守を中心とする反義光派の動きは精彩を欠き、結果として義光を当主とする最上家は、出羽・庄《しょう》内《ない》五十七万石を治める大名の座を獲得したのである。

対立と和議を繰り返した最上家と伊達家の確執《かくしつ》は、輝宗の嫡男の梵天丸が元服して政宗《まさむね》と名を改め、十七代当主の座に就《つ》いてからも続いた。

若き政宗に対し、齢《よわい》経《へ》て老獪《ろうかい》な策士となった義光は一歩も譲らず、戦国乱世に確かな足跡を残した。

東北の覇者の座を争った好敵手というべき最上義光と伊達政宗、そして、政宗の名軍師《ぐんし》として知られる片倉小十郎景綱は、戦国史を振り返るうえで欠かせぬ存在だ。

小十郎は十九歳の時に守役《もりやく》として政宗の傍《かたわ》らに仕え、その劣等感の源《みなもと》であった右の目を病根ごと切除したことをきっかけに、多大な信任を得るに至ったという。

香取神道流を修めた小十郎は、少年時代の政宗の剣の師匠でもあった。

そんな小十郎の影響の下で逞しい青年武将に成長した政宗の武芸と刀剣に対する興

味は、晩年まで尽きることが無かった。

最上義光と林崎甚助重信の関係について、史実は何も語らない。

しかし、重信の生まれ故郷《くみ》が安寧に保たれたのは、紛れも無い事実である。最上家が豊臣秀吉に与した後のことであるが、秀吉が諸国の大名に徹底する旨を命じた太閤検地に際し、義光は新たに領有した庄内全域に重点を絞る一方、旧領を意図的に検地対象から除外している。

その中には村山と改称された、重信の郷里も含まれていた。

戦国乱世でも屈指の策士だったと評される義光だが、村山郡に限っては検地を含む専横支配を手控え、各地に城館を構える土豪たちの自主性を尊重したという。

その後、出羽国は上杉家の支配下に置かれたが、重信の母・菅野の墓石は維新後の明治《めいじ》二十九年（一八九六）まで維持され、地元の人々から石佛として崇《あが》められた。

後に事情を知らぬ人々の手によって壊され、一時は失われてしまった石佛だが、回収された旧墓石を跡地の地下に埋め、その上に再建するという形で昭和《しょうわ》五年（一九三〇）六月に復活し、同三十七年（一九六二）の移建を経て、健全な状態のまま後の世に受け継がれている。

母想いの重信にとって、それは何よりの手向《たむ》けとなったことだろう。

三

師弟の旅は続いていた。
「先生、ほんとにまた西国へ？」
「………」
新之助の先を黙々と進み行く、重信の表情は揺るぎない。
昼下がりの街道を上り、向かう先は因縁の伊勢国。
去る年に一時《いっとき》滞在した彼《か》の地にて、重信は二人の兵法者と剣を交えた。
宮本無二斎《みやもとむにさい》に佐々木小次郎《ささきこじろう》。
いずれも西国で名の知れた、老若の手練《てだれ》であった。
(決着を付けねばなるまいよ)
変わらぬ足取りで歩みを進めつつ、重信は胸の内でつぶやく。
つい先頃までは、再び立ち合うのを先延ばしにしたい気持ちが強かった。
だが、今の重信に迷うところは何も無い。

好敵手たちが望む決着を付けるため、師弟の新たな旅は始まったばかり。

心を入れ換えた新之助だが、性根はすぐに改まるものではない。

「腹が減りませんか、先生?」

「中食ならば茶店で済ませたはずぞ」

「団子二串じゃ足りませんよ。もうちっと腹に溜まるもんを食わせてやってくださいまし」

「ふっ、仕方ないのう」

苦笑を返しながらも、重信の顔は明るい。

「されば次の宿にて泊まるといたすか。明日は早発ちとすればよかろう」

「そうそう、急いては事を仕損じるって言いますからね」

調子よく答えると、新之助は先に立つ。

「わっせ、わっせ」

張り切って駆け出す愛弟子を笑顔で見やり、自らも先を急ぐ重信であった。

時代小説
二見時代小説文庫

抜《ぬ》き打《う》つ剣《けん》　孤高《ここう》の剣聖《けんせい》　林崎重信《はやしざきしげのぶ》1

著者　牧《まき》　秀彦《ひでひこ》

発行所　株式会社　二見書房
東京都千代田区三崎町二-一八-一一
電話　〇三-三五一五-二三一一［営業］
〇三-三五一五-二三一三［編集］
振替　〇〇一七〇-四-二六三九

印刷　株式会社　堀内印刷所
製本　ナショナル製本協同組合

落丁・乱丁本はお取り替えいたします。
定価は、カバーに表示してあります。
本書は『抜刀復讐剣』（学研M文庫、二〇〇三年刊）に全面的に加筆したものです。

ISBN978－4－576－15092－5
http://www.futami.co.jp/

間借り隠居 八丁堀 裏十手1

牧 秀彦［著］

隠居して家督を譲った直後、息子が同心株を売って出奔。昨日までの自分の屋敷で間借り暮しの元廻方同心の嵐田左門。老いても衰えぬ剣技と知恵で悪に挑む！

お助け人情剣 八丁堀 裏十手2

牧 秀彦［著］

元同心「北町の虎」こと嵐田左門は引退後もますます元気。岡っ引きの鉄平、御様御用家の夫婦剣客、算盤侍の同心・半井半平ら〝裏十手〟とともに法で裁けぬ悪を退治する！

剣客の情け 八丁堀 裏十手3

牧 秀彦［著］

嵐田左門、六十二歳。北町の虎の誇りを貫く。裏十手の報酬は左門の命代。老骨に鞭打ち、一命を賭して戦うことで手に入る、誇りの代償。孫ほどの娘に惚れられ…

白頭《はくとう》の虎 八丁堀 裏十手4

牧 秀彦［著］

北町奉行遠山景元の推挙で六十二歳にして現役に復帰した元廻方同心の嵐田左門。権威を笠に着る悪徳与力や仏と噂される豪商の悪行に鉄人流十手で立ち向かう！

哀しき刺客 八丁堀 裏十手5

牧 秀彦［著］

夜更けの大川端で顔見知りの若侍が、待ち伏せして襲いかかってきた武士たちを居合で一刀のもとに斬り伏せた現場を目撃した左門。柔和な若侍がなぜ襲われたのか⁉

新たな仲間 八丁堀 裏十手6

牧 秀彦［著］

若き裏稼業人の素顔は心優しき手習い熟教師。その裏稼業人に、鳥居耀蔵が率いる南町奉行所の悪徳同心が罠をかけてきたのを知った左門と裏十手の仲間たちは…

世直し隠し剣 婿殿は山同心1
氷月 葵［著］

八丁堀同心の三男坊・禎次郎は婿養子に入り、吟味方下役をしていたが、上野の山同心への出向を命じられた。初出仕の日、お山で百姓風の奇妙な三人組が……。

はみだし将軍 上様は用心棒1
麻倉一矢［著］

目黒の秋刀魚《さんま》でおなじみの忍び歩き大好き将軍家光《いえみつ》が浅草の口入れ屋に居候。彦左や一心太助、旗本奴や町奴、剣豪らと悪党退治！ 胸がスカッとする新シリーズ！

浮かぶ城砦 上様は用心棒2
麻倉一矢［著］

独眼竜正宗がかつてイスパニアに派遣した南蛮帆船の絵図面を紀州頼宣《よりのぶ》が狙う。口入れ屋の用心棒に姿をかえた家光《いえみつ》は…。あの三代将軍家光が城を抜け出て大暴れ！

朱《あか》鞘《さや》の大刀 見倒屋《みたおしや》鬼助《きすけ》 事件控1
喜安幸夫［著］

浅野内匠頭の事件で職を失った喜助は、夜逃げの家へ駆けつけて家財を二束三文で買い叩く「見倒屋」の仕事を手伝うことになる。喜助あらため鬼助の痛快シリーズ第1弾

隠れ岡っ引 見倒屋鬼助 事件控2
喜安幸夫［著］

鬼助は浅野家家臣・堀部安兵衛から剣術の手ほどきを受けた遣《つか》い手の中間《ちゅうげん》でもあった。「隠れ岡っ引」となった鬼助は、生かしておけぬ連中の成敗に力を貸すことに…。

濡れ衣晴らし 見倒屋鬼助 事件控3
喜安幸夫［著］

老舗料亭の庖丁人と仲居が店の金百両を持って駆落ち。探索を命じられた鬼助は、それが単純な駆落ちではないことを知る。彼らを嵌めた悪い奴らがいる…鬼助の木刀が唸る！